おこもり日帳

―コロナ禍のおばさん記―

篠原富美子

ブックデザイン　杉本幸夫
装丁イラスト　　山本修生

おこもり日帳

―コロナ禍のおばさん記―

はじめに

傘寿に近い年齢になり、「もうそろそろかもしれない」「いやいやまだまだ大丈夫」と、不安と期待の交錯する日々であり、趣味の囲碁を通して細々と外部とのつながりを保ちながら、「せめて平均寿命までは」と考える。

私の生活空間は歳を重ねるたびに狭くなり、それに追い打ちをかけるように、予期せぬ新型コロナウイルスの襲来により一挙に加速された。

日々の引きこもり生活で、「もうそろそろかも」の気持ちがますます大きくなってくる。

高木常緑広葉樹にゆずり葉がある。この木は常緑樹であるにも関わらず、春になり若葉が出ると、前年の葉がそれに譲るように落葉する。私は昭和、平成と動き回り、蓄えた財産の一つに多くの人たちとの交わりがあるが、現役引退後は新しい出会いも少なくなり、その財産を食いつぶしての生活である。

そして、老いとともに、長年親しくしていた仲間が、ゆずり葉のように一人、二人と若い人に時代を譲って彼岸に旅立つ。私たちの時代から新たな人たちへと、世代交代をする時期になったようだ。

詩人、河合酔茗《かわいすいめい》の『ゆずり葉』にあるように、子どもたちに太陽がめぐるかぎり、全てを譲り渡し、静かに「さようなら」と、笑みを浮かべて逝きたい。


何の変哲もない七十余年の人生であったから、これと言って譲るものはないが、せめて、コロナ禍の退屈を紛らわすために綴《つづ》った雑文を活字にして、「さようなら」の言葉を添えて残る友に譲ろう。

終活を控えた友の不要な荷物を増やすだけかもしれないが、これも譲られ、譲りつなぐ一つの命である。

目次

おこもり日帳

其の壱

予定変じて荻窪の春　二〇二〇年二月二十五日

三ヶ月ぶりの通院である。いつもなら「若いイケメン先生に会える」と、ルンルン気分なのであるが、今日はちっとも気が乗らない。世は連日新型コロナウイルス騒ぎで、テレビは、

「不要不急の外出をしないように。特に老人は！」

と、言っている。それなのに、術後の経過観察のため、病院がある信濃町まで、ここ荻窪から電車で行かなければならない。私にとっては必要至急なのである。

予約してある診察時間に間に合わせるには、朝の通勤ラッシュの時間帯とは少しずれてはいるものの、おそらく満員電車に違いない。この歳だから、自分が病にかかるのは自業自得だからしかたないが、他人にそのおすそ分けをしてはまずい。本来、おすそ分けはうれしいものであるべきで、ウイルスのおすそ分けは誰も喜ばない。

私はまだ感染していないだろうと勝手に信じ、覚悟を決めてマスク姿で病院に行く。

さすがに病院である。ほとんどの人がマスクをしている。とにもかくにも診察を受け、「大丈夫」との先生の声に一安心する。


前回の健診で、今日の予約票を手にしたとき、

「おお、梅の季節だ。帰りに神宮外苑か新宿御苑で早春を楽しもう」

と、密かに心に決めていたが、諦《あきら》めて荻窪に戻る。

碁会所に行くにはまだ時間が早いし、不要不急であるから、少しばかり遠回りして、環八沿いの河津桜と角川庭園の梅を愛でて帰宅することにした。

角川庭園では、時々お茶会に遭遇するのであるが、

「本日のお茶会は中止しました」の張り紙で、誰もいない茶室を覗《のぞ》く。

茶室どころか、見渡す限り人がいない。

庭園の片隅のスイセンの花に、

「都心の春が変じて荻窪の春になってしまった。つまんねーな」

と、八つ当たりをする。

桃の節句の一コマ　二〇二〇年三月三日

弥生三月、桃の節句である。

私だって半世紀以上前は、お肌つるぴかの可愛い女の子であったに違いない。だが、今はすっかり、ただのおばあちゃんである。

そのおばあちゃんは、数年前からこの日を、税金の「確定申告の日」としている。「桃の節句と、確定申告と何が関係あるの？」と言われそうだが、国民の義務を果たすためには、目印になる日がよい、と勝手に設定しているのだ。

年金生活だから、税金などほとんど払っていない。けれども、計算結果から還付金があるようなら、国民の権利として請求すべきだとそろばんをはじく。

ほんの少しであるが、国民の義務として払った税金が戻ってくるようだ。

毎年、春うららの陽気な気分で税務署に行き、帰りに、咲きはじめた草花を愛でるのであるが、今年はコロナの雨である。

「止まない雨はない」「明けない夜はない」というが、この憂鬱《ゆううつ》な日々はいつまで続くのだろう。

それでも、税務署から百メートルほど足を延ばして、与謝野公園を散策する。

静かな住宅街の中の、なんの変哲もない公園であるが、

やは肌のあつき血汐にふれも見で さびしからずや道を説く君 〔与謝野晶子〕

の歌碑を眺め、ベンチで空を見上げながら、

「ああ、今晩の晩酌の肴は、ハマグリの潮汁にしよう」と、考える。

熱き血汐のない、しわくちゃばあさんの桃の節句の一コマである。

這い出したい　二〇二〇年三月十四日

一週間ほど前に啓蟄を迎え、虫は世の中に這《は》い出すことが許されたのに、私たち老人は、「不要不急の外出を避けるように」と、這い出しを禁じられている。

この歳になれば不要不急以外の用事などほとんどないので、私は国の方針に逆らわず、家より二キロ圏内で生活し、それ以上遠くには出かけていない。

引きこもり老人になって、「さて、何をしようかな」である。

「晴耕雨読」という言葉があるが、耕す土地などない。「晴読雨読」もつまらない。

しかたなく、「時に書を読み」「時に文を書き」「時にネットで囲碁」を楽しむ。

こんな日々が、もう半月も続いている。

そこで、暇つぶしの、「時に文を書き」の産物をブログで紹介することにした。

自分が這い出せないのなら、自分が生んだ文を世に這い出させる。

友よ!　さようなら

一

冬眠から目覚めた木々が、青い空の下で新しい芽を出し、春の花が太陽の陽を浴びている福岡空港に、七子《ななこ》を乗せた飛行機は静かにランディングする。

「ついに来た。これが友に会う最後であろう」

と、心に決めての旅である。

いつもなら、熊本の病院へ直行し、どこにも寄らずに東京に戻る七子であったが、今回は、友との思い出の一つをたどろうとまわり道をする。若いころ二人で鹿児島から大分へとまわった旅の終わり、友の実家に向かう途中で立ち寄った温泉に、寄り道をすることにしたのだ。

福岡空港から高速バスに乗り、若葉が萌える阿蘇の山並みを眺めながら、時折、車窓に映る自分の顔を見るたびに、「老けたなー」と、七子はつくづく時の流れを感じていた。

バスはやがて高速を降り、渓谷沿いの国道をたどる。そして、五十年ぶりに訪れた黒川温泉は、趣のある温泉街へとすっかり様変わりし、落ち着いた雰囲気である。今では温泉ランキングにも入るほど人気があるらしい。友と訪れた当時は、秘境にある、旅館数件の寂《さび》れた温泉地であった。

既に黄昏時、宿に着いた七子は、早速、温泉をいただくことにした。不思議なもので、懐かしい香りのする湯につかると、初めて友の実家を訪れたとき、彼女があの小さなキビナゴを手先で器用にさばいてくれたこと、その刺身のおいしかったこと、友の母が、「世の中でいちばん広い場所はどこか？」とクイズを出し、その答えが、「『野より山より広し若人の腹』――あんたたち若者の胃だよ！」で大いに笑ったことなど、友やその家族とのさまざまな思い出がよみがえってくる。

翌日、七子の心とは裏腹に、空には雲一つない。いよいよ友との再会である。ナースステーションで面会の旨を伝えると、年配の看護師が病室まで案内してくれた。友は数年前から病に伏し、もう七子を認識することはできない。

看護師に許可を得て、七子は友を車椅子に乗せ、太陽の下へ連れ出した。

「私よ、こんにちは」

……友の目はそっぽを向いている。

「来たよ。あなたと行った黒川温泉に夕べ泊まったの」

……なんの反応もない。

昔の面影を全く失った友は、何を見ているのか考えているのか、語りかける七子をまるで無視しているように見える。

それでも七子は、車椅子の前にかがみ込み、友を見つめ、両手を握りながらそっと語りかけた。

「私も歳だから、もう来ることはできないと思うの。これが最後ね」

やはり、友の表情からも手からも、全く反応はない。

七子は腹を決めて、

「あなたが逝っても、私が逝っても連絡はなしね。それでいいでしょう」

寂《さみ》しさに、七子の目はいつのまにか潤んでいる。

ちた。

「ああ、でも、気持ちに区切りがついた。これでいい、これでいい……」と、ひとりご

しばらく友の手を握りながら、その場にたたずんでいた七子は、

「さようなら。私たちの好きだったあの海を見て帰るね」

帰路についた七子は、列車に乗る前に、友とよく行った不知火海《しらぬいかい》を一望できる「万葉の碑」のある海岸に寄り、待たせてあったタクシーからの、催促クラクションが鳴るまで、美しい海を見つめながら、半世紀に渡る友との歳月に浸った。

二

七子と友の出会いは、大学の入学式を終えた最初の授業のときである。

隣の席の友は、

「どこから来たの」と、話しかけてきた。

「長野。あなたは」

「熊本」

「九州の！　ずいぶん遠いね」

どこにでもある新入生同士の風景であるが、これを機に、二人はいつも一緒にいるようになった。

ただ、寝坊の友は、早い時間の授業はサボりがちであり、七子が、代返したり、二人分の出席表を書いてごまかした。

学校生活に慣れるにつれ、友人もさらに増えていき、皆、箸が転んでもおかしい年頃であるから、笑いの絶えない学生生活が過ぎていった。

東京に出てきて初めての夏休みが近づいた。七子は、当然のように長野に帰省することしか考えていなかった。ところが、九州の友は違う。

「ねえ、北海道旅行しよう」

「えっ、何日くらい」

「十日間ほど」

「お金ないよ」

「バイトのお金あるでしょ。それに、泊まりはユースホステルだから安いよ」

「汽車賃は」

「五千円。北海道までの往復と道内乗り放題の周遊券込み」

七子は、十日にもおよぶ長旅の経験がなく、しかも、女の二人旅を心細く思い、

「なら、大勢のほうが楽しいし、クリちゃんやキガちゃんも誘っていこうよ」

多勢に無勢なら安心と、思い切って覚悟を決めた。

当時、この格安周遊券の効果もあり、北海道旅行は若者たちの間で大ブームであった。その姿から、「カニ族」と呼ばれ、大きなリュックを背負った若者たちが、北の大地の長期貧乏旅行を楽しんでいた。

いわば、七子もブームの誘惑に負けたのである。

誘った二人には断られたものの、代わりに、ふだんはあまり交友のなかった同級生が参加することになった。

カニ族ほど大きなものではないが、七子もリュックを背にし、バイトで貯めたお金を持って、常磐線経由の青森行き夜行列車に乗り、友人たちと北の大地に向かった。途中、平《たいら》駅（著者注：現在の「いわき駅」）で、同行の友人の母親から、キュウリとマヨネーズの差し入れをもらった。それ以来、七子たちは同行の彼女を「平《たいら》の君《きみ》」と呼び、多くの貧乏旅行の旅仲間になった。

一行は、青函連絡船で北海道の地に渡り、北の大地をぐるりとまわる。途中、ユースホステルで、同じように旅行を楽しむ大学生のグループと親しくなり、数か所は一緒にまわった。平の君は、予定どおりの行程を終えると、実家経由で東京に戻ったが、七子と友はいろいろなグループと交流し、周遊券の有効日数を残して東京に戻ろうとするグループがいると、券を交換してもらい、さらに有効期限を稼いだ。

しかしながら、滞在期間が延びれば当然お金はなくなってくる。ＡＴＭなどない時代である。七子は、ある町の郵便局留めの現金書留を、電報で実家に懇願した。

この時のことを、七子の母は亡くなるまで、計画性のない愚かな娘の逸話として、茶飲み話にしていた。

三

同じ年の秋も深まったころ、北海道旅行を楽しんだ仲間と、今回はクリちゃんも参加して、伊豆の旅を楽しむことになった。文学少女七子の念願、『伊豆の踊子』をたどる旅である。

旅程二日目、天城トンネル入り口にある休憩舎で、一行が、宿でつくってもらったおにぎりを食べようと腰を下ろし、クリちゃんが持参したトランジスタラジオのスイッチを入れると、飛び込んできたのは、「ジョン・F・ケネディ米大統領暗殺」のニュースである。

皆が驚いていると、今度は、「千草《ちぐさ》さーん」と、友の名を呼ぶ声が聞こえる。振り返れば、リュックを背にした数人の学生らしき青年たちが、こちらに向かってくる。

やがて、先頭を歩いていた長身の青年が、「こんにちは」の挨拶に続けて、「ついに合流できた」と、安堵の様子である。

七子は「知り合い？」と、友に尋ねようとした瞬間に、誰であるかを思い出した。

「あの時の京大生……北海道で。でも、どうして……」と、言葉の断片を発する。

「千草さんから『伊豆旅行をするから……』と、手紙をもらっていたので」

「そんな仲だったの？　知らなかった。もうびっくりの連続よ」と、平の君が大きな声で言う。

「時々手紙をね」と、友はまんざらでもない様子である。

「手紙には日付しかないから無理かと思ったが、来てみた」

「それだけで、よくここがわかったわね」と、友は感心している。

「手紙に、七子さんが『伊豆の踊子コースをまわりたいと言っている』とあったから、それを頼りに」

結局、七子たちは、彼らと合流して天城トンネルを抜け、河津七滝まで一緒にめぐり、伊豆の踊子のように下田に宿をとった。

宿では、修学旅行のように枕を並べ、いろいろと語り合うが、とどのつまりは今日のめぐり逢いの話題になる。

「千草さんはずるいよ。自分だけボーイフレンドをつくって」

平の君が少しひがみながら言う。

クリちゃんも、

「そうよ。そんなの許せない」

友は羨望と非難の的になった。

「ねえ、そうでしょ？」と、平の君が七子に同意を求めてきた。

どうやら、七子に矛先がまわってくるようである。

七子は、「さあ」と、最初は言葉を濁したが、結局、非難を覚悟で告白した。

「実は……、私も……北海道で知り合った慶大生グループの一人と、東京で会っているの……」

しばしの沈黙の後、平の君とクリちゃんはそれぞれに、

「なーんだ、ぼけーっとしていたのは私たちだけか。私たちも頑張ろうね」

「これからは、ボーイフレンドづくりに精を出そうね」

という雰囲気になり、出会いと告白に満ちた伊豆の踊子の旅は楽しく丸く収まった。

しかしながら、若いころの恋は浅くはかないもので、七子と友のボーイフレンド物語はいつのまにか消滅した。

それからも、七子たち旅仲間は、在学中はもとより卒業後も、新婚旅行用の四国を残して国内旅行を楽しんだ。

なぜ、四国なのかといえば、まだ、旅仲間の誰もが訪れたことがなく、「未知の領域を残しておかないと、新婚旅行の新鮮さが失われてしまう」という、なんとも乙女心満載の理由からであった。

四

学校を卒業すると、七子は、当時としては珍しい女性技術者として、東京の電気メーカーに就職した。友は熊本の実家に戻り、両親の営む衣料品店の仕事に励んだ。

東京と熊本は遠いが、お互いに理由を見つけては会い、友が東京に来たときなどは、七子の家に泊まり、ほかの旅仲間も誘って旅行に出かけた。

そんな数年の間に旅仲間は一人二人と結婚し、結局独身は、七子と友の二人だけになってしまった。

日本が高度成長期にさしかかったころ、二人は新宿の映画館で、加山雄三主演のグアム島を舞台にした映画、『ブラボー！若大将』を観た。

「海、綺麗だったね」

蒼い海に感動した七子が言うと、

「ねえ、二人でグアムへ行きましょう」

相変わらず、友は何事にも行動的である。

「……そうしようか。あなたのお兄さんの成功も祈ってね」

「兄はアメリカで一旗揚げたいらしいの。せっかく紹介したのに、ごめんね」

実は七子は、ボーイフレンド候補として、友の兄を紹介されたばかりであったが、兄の夢を知らなかった友の、早とちりであったようだ。

「いいよ、別な人探すよ」

「そうね、七子ならすぐにいい人が見つかるよ。じゃあ、失恋旅行にしましょう」

「失恋旅行か、失恋と言うほどでもないけど。それよりほかの人どうする、誘う？」

「今回はやめよう。多分、旦那さんたちが許さないよ」

「旦那のいるような人たちに、私の失恋の痛みなどわからないよね」

二人は、交通公社（著者注：現在のＪＴＢ）で旅行の手続きをし、まだ為替レートが、一ドル三百六十円の時代に、七子の恋をグアムの蒼い海に捨てに旅立った。

五

日本はものすごい勢いで成長し、国民総中流と浮かれていた最中に、幼いころに父を亡くしていた七子は、最愛の母を亡くし、友は、苦労して一代で衣料品店を築き上げた両親を亡くした。

しかしながら、高度成長の波は、その悲しみとは無縁に、二人に忙しい日々を要求する。

七子は、システム開発のチーフを担うようになり、顧客との打ち合わせのために出張もしばしばであった。

一方、友は両親の店を守り、大きくし、「東京で人気の洋服を、田舎の女の子も求める」と、青山あたりの洋品店での仕入れに東京によく来ていた。

二人は結婚することなく、機会を見つけては小旅行を楽しんだ。そんな関係を続けていたある日、七子の部屋の電話が鳴った。

「兄の子どもが東京のアメリカンスクールに通うことになったの。あなたのところにホームステイさせて」

友からの突然の依頼である。

「お兄さんって、あのコスタリカのエメラルド王……、のお子さん？」

「そう、あなたが失恋した兄」

「いいよ、昔は昔、もう忘れていたから。あまり面倒みてあげられないけど、それでよければ」

「来週、兄と三人で行くね」

そんな成り行きで、七子と友の姪との生活は一年余り続き、その間に七子は、友の兄とその娘を交えて会食をすることもあった。

その会食のひととき、かつて少しばかり想いを寄せた彼は、

「今日は、お土産を持ってきた。サイズ合うかな」

と、小箱を取り出し七子に渡す。

「開けてもいい？　開けるね」

小箱の中にはエメラルドの指輪が入っていて、中指にはめるとピッタリである。

「僕は、コスタリカにエメラルド鉱山を持っていて、磨いた原石を日本へ輸出しているんだ」

「知っています。千草さんはいつも素敵なエメラルドのペンダントをしています」

「あれも僕があげたものだ」

「私もあんな大きなエメラルドが欲しい」

「千草はたくさん持っている。もらいな」

「はい」

食事をしながら、「指輪のプレゼントなら、ずっと昔の婚約指輪ならよかったのに」との想いが、七子の心の片隅をよぎった。

そんな七子を、学生時代からの友人たちは、「昔の男の娘さんなどと、よく暮らせるね」と笑ったが、七子は気にもせず同居生活を続けた。

そして、いつのまにか、友や兄はもとより、その弟までもが、七子のマンションを東京の宿のように使い、七子は七子で、九州方面への出張は週末になるよう段取りし、友の家を訪ね、まるで、家族の一員のような歳月を送った。

六

月日は流れ、時代は昭和から平成へと移り、やがてバブルははじけ、後に「失われた二十年」と呼ばれるデフレの時代が訪れた。

そのちょうど中頃、七子は定年を迎え現役を退き、友は、たくさんいた従業員を一人二人と減らし、最後には、近くに嫁いだ姉と二人で衣料品店の経営を続けていた。

七子と友は会う機会も少なくなり、年賀状とたまに交わす電話が、お互いの安否確認となっていた。そんなある日、七子は、大河ドラマの『篤姫《あつひめ》』を観て、「ああ、しばらくあの不知火海を見ていないな」と、画面にひろがる鹿児島の海から天草の海を連想させ、友に電話をした。

「千草、元気?」

「うん、どうにか。あなたは?」

「元気、元気。テレビで篤姫を観ていたら、不知火海を思い出したの」

「じゃあ、篤姫を訪ねて指宿《いぶすき》温泉にでも行きましょうか」

「だいぶ会ってないから積もる話もあるしね。最初にあなたの家に寄るね。後の行程は任せる」

「私も、話したいことがあるの。待ってる」

数日後、七子は熊本空港に降り立ち、バスと電車で八代《やつしろ》に向かった。そこから友の高校時代の通学列車であった、旧鹿児島本線のオレンジ鉄道に乗り、佐敷《さしき》駅に降りると、いつもと変わりなく友は待っていた。

二人は駅近くのレストランで夕食をとりながら、旅の計画を語り合い、話が一区切りついたとき、友が深刻な顔で七子をみつめた。

「どうしたの？」

「ねえ七子、私、アルツハイマー病だって」

「そんな馬鹿な。信じられないよ」

「だって、熊本大学病院の先生が言うのよ」

「どうしてわかったの？　いつもと変わりないよ」

「ここ数年、体調が思わしくなくて水俣《みなまた》病の検査を受けたの。そうしたら、アルツハイマー病の気配があるって」

友の住む佐敷は、山を一つ越えれば水俣である。海はつながっている。

「若いころに発症しなかった水俣病が、歳をとってから出るという話を聞いたことがあって、それで、いろいろ検査したの」

「水俣病も困るけど、アルツハイマーも困るね。でも本当に発症するかどうかわからないでしょう。大丈夫よ」

「そうだといいけど……」と、友は寂しそうに箸を動かしている。

「明日、指宿の砂風呂で治しちゃいましょう」

「七子はいいね、相変わらず能天気で」と、友は笑った。

友に忍び寄る病魔を、七子はまだ現実的なものとして捉えてはいなかった。

七

翌日二人は、オレンジ鉄道で鹿児島に行き、電車を乗り換えて指宿に向かった。

砂風呂が初めての七子は、写真を撮って欲しいと、友にデジカメを渡し依頼するが、いつもなら聡明でてきぱきと物事をこなす友が、ちょっぴりもたついている。

おやっ？　と、七子は思ったが、砂風呂につかりながら、何事もなかったように、「あったかい」と、笑った。

夜、二人は布団の中で、半世紀に渡るつきあいの思い出話に花を咲かせた。

「ねえ千草、私たち、いろいろな所に旅行したね」

「それに、良い事も悪い事も一緒につるんでね」

「古い話だね」

「うん。若いころ、この鹿児島にも来たよね。そして二人で桜島に『行く・行かない』でけんかしたね」

「何言ってるの、鹿児島だけじゃないよ。いつも旅行すると、行き先でもめて、途中、別々の行動をしたよ」

「そうそう、私たちは四国だけ行ってないね。ねえ、私が元気なうちに四国旅行をしましょう」

「そうね、私たち二人は結婚してないから、新婚旅行の四国はなしだもんね」

「友達はみんな約束どおり新婚旅行が四国だったね」

と、友は古い約束も思い出したようだ。

「じゃあ今度は、この七子さまが計画を立てましょう」

二人はなかなか眠りにつけず、いつまでも話し続けていた。

翌日七子は、鹿児島から真っ直ぐ東京に戻るつもりでいたが、友は、

「ねえ、佐敷まで一緒に帰って。後、二、三日いて。兄も来るかもしれないし。お願い」

と、寂しそうに引き留める。

「じゃあ、そうするか。お兄さんにも会いたいしね」

こうして七子は、これが最後になってしまった友との旅を締めくくり、数日友の実家で過ごしてから帰京した。

八

その後しばらくは、七子が友の病気を気遣い、時折電話をすれば、「変わりない」の応答で安心していた。

そしてまた、「そろそろ安否伺い」と思っているところに電話である。

「姪の結婚式でニューヨークへ行くの。渡米の前後にあなたのマンションに泊まるのでよろしく」である。

七子は、相変わらず強引な声を聞いて安心すると同時に、ホームステイしていた友の姪が結婚するとのことで、懐かしく少女のことを思い出していた。

数日後、大きな荷物を持って友はやってきた。

「アメリカへ行けるようなら、病気大丈夫ね」

「……これが最後の旅よ」と、友は荷物の中から貴金属のケースを取り出し、「ねえ、これとこれ、あなたにあげる。それに、うーん、そのー、あのー」と、言葉を探している。

「どうしたの」

「このごろ、人や物の名前が思い出せなくて、あのー、そのー、ばかり」

「そんなの私も同じよ」

「あのー、そのー、クリちゃんと……キガちゃんに連絡して。東京に戻ったときに会いたい」

「わかった、連絡しとく。みんなで一緒に食事しよう」

「それまで、これ預かって」と、友は小さな荷物を七子に渡した。

これだけの用件を話すのに、「少し時間がかかりすぎかな」と、七子は思いながらも、友は自分が知る限りのアルツハイマー病ではないことに安堵して、

「うれしい、この大きなエメラルドのネックレス欲しかったの。本当にもらってもいいの」

「もう、私には不要だから、今回、アメリカの姪たちにあげようと思って。ついでにあなたたちにもね」

何かしらの覚悟をして、友が身辺整理をしていることに気づいた七子は、もらったばかりのネックレスを手にしながら、

「こんなおすそ分けならいつでも歓迎よ」と、はしゃいでみせた。

「病気のことは、みんなには内緒よ」

「大丈夫、誰にも言ってないし、言わない」

友がニューヨークから東京に戻ったとき、七子はあらためて学生時代の友人たちを誘った。しかし、皆、「親の介護だ」「旦那の世話だ」とかで集まることはできず、結局、彼女たちに会うことなく、友は九州に帰っていった。

別れぎわ、「ねえ、四国旅行は諦《あきら》めて」と、友は手を振った。

七子は、ただ、手を振り返すしかなかった。

九

その後七子は、図らずも心臓病を患い、一年の療養生活を経てやっと健康を取り戻した。病気を患ったことで老いを感じた七子は、「友に会えるのも今のうちかも……」と思い、学生時代の旅仲間の一人を強引に誘って、友の営む熊本の衣料品店に向かった。

久しぶりに会う友は、会話はできるが、痛々しいほど言葉を探している。言葉以外なら、通常の人と変わらない様に見えるが、「もう、車の運転ができなくなっちゃった」と、笑いながら先日の顛末《てんまつ》を話す。

「この前、大阪の仕入れの帰りに、熊本空港から運転しようとしたら、エンジンをかけるのにどうするのかわからなくなって、手間取ってしまったの……」

「そりゃ危ないから、やめたほうがいいよ」

七子は少し戸惑いながら応じた。

「だから、お店も閉めることにしたの」

「この在庫どうするの」

「時間をかけて、売れるだけ売るの。あなたたち、欲しいものあったら持っていっていいから」

「ありがとう。帰るときにね」と、同行の友人が言うと、

「この人誰？　どうしてここに居るの」と、怪訝《けげん》な顔をする。

「クリちゃんよ。熊本まで会いに来てくれたのよ」

「ああそうか、クリちゃん。私、おかしいね。アッハッハッハ」

と、友はその場を濁した。

友の病は確実に進んでいる。「いつまでこうして話せるのだろう……」と、七子の心は曇った。

十

間もなくして、東京に戻った七子の元に、友から、低学年の子どものようなひらがなだらけの手紙が届いた。

「でんわではほとんどはなせなくなったけど、手がみならこと葉をゆっくりさがせるの。店をしめて、三がいだてのビルをこわし、バリアフリーの小さないえにする。しばらく町営じゅうたくにうつります」との挨拶である。

「新しいおうちは夏ごろ完成かな？　そうしたら新居に行ってみよう」と、思っているところに、友のお姉さんから、「病気が悪化して、熊本の病院に入院した」と、連絡が入った。

七子は、悪化したといっても命に影響のない病だと、のんびり構えて、夏ごろ見舞いにいくことにした。

やがて夏が訪れ、七子が見舞ったとき、

「あれ、どうして」

友は、鉄の鎖と皮のベルトでベッドにつながれている。

「看護師さん、どうして？　かわいそう。こんな姿見たくない」

「目を離すと、ベッドから離れて、とても暴れるので、しかたなく」

七子は、その無様《ぶざま》な友の姿に涙が出るのを堪《こら》えて、

「私、わかる？」

「うう……」

「これ、あなたからいただいたネックレス。ねえ、何とか言ってよ」

「うう……」

「看護師さん、わかってるの？」

看護師は首を横に振り、

「ちょっといつもと違うことは感じているみたいです」

「ねえ、私よ。思い出して」

ベッドの脇から言葉をかけるが、いつのまにか「うう……」も言わなくなり、眠っている。

治る当てなどないのはわかっているが、

「また、来年も来るからね。それまでに治っていてね」

七子は自分自身の気持ちの整理のために語りかけた。

その夜七子は、近くの温泉に泊まり、翌朝、友のお姉さんと一緒に再度見舞った。

看護師がお姉さんを見て、友を縛りつけていた鎖を緩めた後、お姉さんとひそひそ話をしている。

七子は、しばらく友の顔を見て、「また来るね」と言い残し、お姉さんの運転する車で病院を後にした。

運転をしながらお姉さんは、「夕べも、今朝も暴れたみたい」と語るが、「暴れるくらいなら、まだ体は大丈夫なんだ」と、七子は良いほうに解釈した。

十一

東京に戻り、しばらくすると、お姉さんから分厚い丁重な手紙が届いた。そこには、友の高校時代の友人が見舞ったときの状況が書かれていて、「妹は、学生時代の一番楽しかったころの友達に、自分の姿を見せたくないらしく、お友達が見舞った後は、ひどく暴れる」とあった。丁寧な文面の裏に隠された言葉は、「しばらく来るな」である。七子は、「東京と熊本だから、そう頻繁には行けない」と、思いながら、先日の鎖につながれた友の姿を思い出し、「そうか、私に会った後も……」と、やり場のない悲しみだけが胸に残った。

翌年、七子が再び友を見舞ったときには、気に入らないときに暴れる気力もなくなったらしく、あの鎖は外されていた。

もう、友の目は焦点が定まらず、言葉も発しない。無表情で、ただ呼吸し、心臓が動いているだけのようだ。

そんな状態の友でも、七子はその後も、数年見舞いに通い続けた。

そして、自分の喜寿を機に、「これが最後」と決め、「いつまでも、いつまでも旅仲間でいようね」の想いを、「さようなら」の言葉に変えて、友に別れを告げた。

「さようなら。私たちの好きだった、あの海を見て帰るね」

ププップー。

遠く天草列島を望む薄暮の海岸に、待たせてあったタクシーのクラクションが響く。

七子は、半世紀におよんだ青春の輝きと、老いの悲しみを、不知火の海に沈めた。

おこもり日帳

其の弐

ああ、ボケてしまう　二〇二〇年四月四日

三月中は我慢しようと、二本の足で賄える狭い空間での日々であったが、まだ続きそうである。

「ああ、私はこうしているうちにボケてしまい、そして終わりなのだろうか」

と、つぶやく。

「いかん、いかん」

だらだらとした日々で、自分が認知症になってしまっては、筆立てにさしてある認知症サポーターの証であるオレンジリングに笑われる。

そこで、なんとかしようと思いついたのが、正岡子規の『仰臥漫録《ぎょうがまんろく》』である。

彼は、病床で起き上がるのもままならない状態で、視界に映る小さな庭先の出来事を、素晴らしい感性と筆力で軽快に綴《つづ》っている。

私には、そんな感性や筆力はないが、両親からもらった貴重な二本の足がある。した

がって、行動範囲は彼よりは広い。
これを武器にして、巣ごもりの日々を綴った終活日記を書こう。
まずは今日の分、

四月四日　晴
語呂合わせで「よしの日」である。
終活日記のスタートとして、縁起のよい日にする。
とりあえずはこんなところだろう。

不要不急と知りつつも　二〇二〇年四月五日

子規をまねて書いてみよう。

四月五日

外は曇りで、風が冷たい。

六時に起床し、枕元の体温計を脇に当てる。結果は、通常どおり。

そして、ヨーグルトとバナナの軽い朝食をとり、薬を飲む。

半世紀もの昔に読んだ『仰臥漫録』はこんな感じだった記憶であるが……、

「なーんだ、こんなのちっとも面白くない」

正岡子規のそれには、その何の変哲もない文中に、きらっと光るものがあったのでしょう。私にはそれがない。だから味もなく、面白くもない。やっぱり、いつものように、私の拙《つたな》い文も書くことにする。

コロナウイルスに負けそうな毎日である。不要不急の外出を自粛すると、自宅での「晴読雨読」になってしまう。本当なら長編をじっくり読めばよいのだが、本箱にあった積読本は全て読んでしまった。図書館も開いてない。

そこで、不要不急と思いつつも本屋で数冊調達する。

しかしながら、こんなストレス満杯な状態での読書など、身につかない。ただただ活字を追っているだけだ。忙しく動き回っている合間に読んでこそ、文中にのめり込み、「ふむふむ」とうなずけ、渇いた脳へ油をさしてくれる。

万歩計に誘われて　二〇二〇年四月六日

三月の開花宣言の数日後の話をしよう。

当たり前のことであるが、人間は動物です。動物は、巣から飛び出し、餌を求めて動き回り、そして若いころは、子孫繁栄のためにも動く。

引きこもり老人になり、少しは動こうと、近くの原っぱ公園まで散歩する。

「何歩あるいたかな」と、腰の万歩計を見ようとすると、ポケットに納まっているはずの万歩計がなぜか表に出ている。

「おお、お前も表に出たいか」と、万歩計の顔を見る。

すると、老いて、幻覚だか幻聴が始まったような私に話しかけてくる。

「おばちゃん、いつも同じ桜じゃつまらないよ」

「そうか、お前も毎日同じじゃ飽きたか」

「水辺の桜はいいよ。それに今年は酒盛りしている酔っ払いはいないよ」

「わかった。明日からは水辺の桜を見に行こう」

「いいね。僕も働きがいがある」

そして、翌日からは、善福寺川緑地公園、妙正寺公園、善福寺公園と、三日続けて水辺の桜を楽しむ。いずれも、自宅から二キロ前後のところにある公園であるから、腰の万歩計は、それなりにせっせと稼いでくれる。歩数を気にしなくとも一日八千歩の目標を簡単にクリアする。


動物は、餌と子孫繁栄のために動くのであるが、人間は、それ以外に、心の糧を求めて動く動物であることを、再確認する。

これがあるから、人間は素晴らしい。

冥途の土産ができた　二〇二〇年四月二十八日

暇だから何か楽しい文でも書こうと思いながら一ヶ月が過ぎる。コロナの雨は、なかなか止みそうもない。

「この雨が止んだ後の私の生活スタイルは、変わるのだろうな」

もう元に戻ることはないのだろう。老いとともにますます狭くなる社会とのつながりが、一挙に狭まった感である。まあ、しかたがないだろう。

先日、三鷹のＮＰＯ仲間から、月一回の会議をウェブミーティングにするというメールを得た。何も活動していなかった四月だから、会議などしなくてもよいのだが、画面の向こうの仲間の顔を見られることが新鮮である。

そして、最後にオンライン飲み会でもすれば、握手やハグはできなくても社会とのつながりができる。

ウェブミーティングの予行演習を行ったときに、悲しいニュースがあった。この、シニアのＮＰＯを立ち上げ、「ネット囲碁」を楽しもうと意気投合した仲間の訃報である。これで、その時の四人の仲間の三人までが、既に故人になり、残りは私だけになった。

その仲間の一人は、「死ぬまで、可能な限り新しい技術に触れたい」と、言っていた。多分、彼はウェブミーティングを経験することなく逝ったに違いない。

いつか、私が皆の仲間になったとき、このコロナ禍のなかでのウェブミーティングの経験を、彼らへの冥途の土産にしよう。

でも、彼らは私と同様に、昭和から平成のバブル期に馬車馬のように働き、仕事は会社の中で済ませ、一度会社を出ると、仕事のことはすっかり忘れ、ビールジョッキをガチャッとぶつけての談笑で、一日を締めていた世代である。

だから、「僕は、テレワーク、ウェブミーティング、オンライン飲み会などの、職住一体のような生活はいやだ」と、言いそうだ。

教育と教養を奪われて　二〇二〇年五月一日

本来なら、真新しい緑の薫るなかを、「夏も近づく、八十八夜……」と、鼻歌での散歩であり、

「このすがすがしい空気と青い空を、愛する君にささげたい」

などと、おちゃらけるのであるが、今年はそれができない。

この空気は、コロナに侵されているかもしれない。だから、外出には鬱陶《うっとう》しいマスクをはずせない。

「教育（今日行く）」と「教養（今日用がある）」を奪われて一ヶ月になる。

四月の初めに正岡子規の『仰臥漫録』をまねてみようとするが、「面白くなーい」でやめようとした。ところが、「これって、日々の行動の記録みたい」と、思い直し、続けてみた。

そこで、一ヶ月の総決算をする。

・一日の歩く量（歩数）は、平均六千三百歩程度。
・スーパーなどへの買い物は、主に毎週火曜日の週一日だけ。
・三人以上一緒の会話はゼロ。

こうしてみると、引きこもりぶりは小池都知事の要請をほぼ守っている。

ところが、寂《さみ》しいことに気づく。

なんと、本を一冊も読破していない。いつもはもっと読んでいたはずである。

暇を持て余しているのだから、活字に親しんでもよいのに……。

いつのまにかコロナに、「今日行く」と「今日用」だけではなく、「読書の喜び」という、本当の教育と教養まで奪われてしまった。

「よし、今月は、読書の喜びを取り戻そう」

不良仲間が恋しい　二〇二〇年五月四日

今日は「みどりの日」である。いつからこの日が祝日に格上げされたのか覚えていない。私が現役のころは、この祝日はなく、昨日の「憲法記念日」と、明日の「こどもの日」との谷間の出勤日であった。

しかし、若いころは、この谷間の日を有給休暇の消化日として連休にした。そして、少しばかり偉くなったときには、若い人に、

「こんな日は休みなさい。女性にモテない奴と思われるよ。こんな日の出勤は老人に任せなさい」と、有給休暇の消化を勧めていた。

とどのつまりは、それなりに休日扱いだったのである。

この日を挟んで、昨年は、新しい元号を祝っての十連休であり、今年は「緊急事態宣言」発令で、ステイホームの十二連休である。

昨年の連休は、前向きで楽しいものであったが、今年は、憂鬱《ゆううつ》で鬱陶しいだけである。

この憂鬱と鬱陶しさも、連休が明ければ少しは晴れるだろうと思っていたら、さらに延長のニュースである。

私と同じように「連休明けまで」と、我慢していたのでしょう。ここ数日、荻窪の不良仲間から、

「元気か？　生きているか？」

と、メールや電話がたびたびくる。そして、電話口で、

「早く、へぼ碁打ちたいね」

と、語る。そんな仲間の一人は、

「コロナが終息しても、生活スタイルが変わってしまうかも」

と、応える。

「そうか、これを機に社会は、大きくカーブするのだろうな」

と、不良仲間の顔を瞼《まぶた》に浮かべる。

これって、自粛太り　二〇二〇年五月八日

昨日は素晴らしい朝であった。今日も、昨日ほどではないが、やはりこの時期の窓越しの風景は、「風薫る五月」である。

そこで、大好きな朝風呂をのんびりと楽しむ。

風呂あがりの爽やかな気持ちに、すっかり忘れていた昨年の手術跡がちょっぴり気になり、久しぶりに鏡に映し、そっと触る。いつもより肉がついている。

これって「コロナ太り」と言うのだろうか。いや、コロナは少し露骨すぎるので「自粛太り」にしよう。数ヶ月のステイホームは、胴回りを膨らませてくれた。

当たり前である。脳も肉体も働かせず、テレビの、

「コロナに負けないように、バランスのよい食事と十分な睡眠をとりましょう」

を忠実に守り、さらに近くの和菓子屋で調達した季節の菓子の間食である。

友人に「私、自粛太り」と話すと、彼女も「私も、同じ」と言う。

「そうか、ステイホーム週間は、ステイ脂肪週間だったのだ」と二人で笑う。

自粛太りを気にしながらも、退屈なひと時を癒やしてくれるのは、とろりとしたなまめかしい味のする新茶を飲みながらの、柏餅である。

来月の定期健診で、主治医に「あまり、太るなよ」と言われそうだが、その時は、

「はい、三密を避けて、ステイホーム、ステイイン荻窪を、忠実に守りました」

と、答えよう。

自粛のご褒美　二〇二〇年五月十四日

急に夏になってしまった。つい先日まで「湯たんぽ」を抱いて寝ていたと思ったら、初夏の声と同時に真夏の暑さである。

昨日、散歩から帰って郵便受けを覗《のぞ》けば、アベノマスクが届いていた。

「おお、来たか。さて、これをいくらで買おうかな」と、開けてみる。

買うと言ってもお国からのプレゼントだから、そのままでよいのだが、ちょっぴり考

える。

関係のない二つのことを、適当に結びつけて、自分の行動を自分なりに納得するのが、私の得意とするところである。

「十万円の給付金を、国が私のような年金生活者にまでくれる」と、知ったとき、「たいした税金も払っていないのに」と、なにか申し訳なさを覚えた。

そこで、その給付金のほんの一部を、東京都の「守ろう東京・新型コロナ医療支援寄附金」に寄付することで、アベノマスクを買うこととする。

「これは、不要不急ではない」と、今日は、胸を張って銀行に行く。日用品の調達以外の用での外出は、本当に一ヶ月ぶりである。

「小さめのアベノマスクでは、この大きな得意顔を隠すことができないだろう」と、まだ手にしていないお金を先食いして、にんまりと満足している。

そして、十万円の残りは、世の中が落ち着いたころに、故郷の温泉での避暑に充てよう。これで、お国からの自粛へのご褒美を還元できる（満足！）。

ああ、碁石を握りたい　二〇二〇年五月十七日

「ああ、碁石を握りたい」

握るだけならその辺の碁石を手にすればよいのであるが、碁笥《ごけ》から石を取り出し、碁盤に向かってパチリと打ちたいのである。

本来なら、今頃は日本棋院で、壇上の優勝カップを目指して、パチリパチリと碁を打っているはずである。

毎年この時期は、今日の二十三区囲碁大会をはじめ、箱根の囲碁合宿、そして各種の囲碁大会に参加して、囲碁を通して世間に羽ばたいているはずであったが、予定のイベントはコロナのせいで全て中止になった。

私はすっかり引きこもり老人になり、囲碁も、テレビの囲碁将棋チャンネルで、プロ棋手の囲碁や囲碁講座を観て、将棋番組に切り替わると、パソコンに向かってインターネットでの対局の日々になってしまった。

囲碁将棋チャンネルでは、いろいろな棋手が、「ステイホーム。おうちで囲碁を楽しもう」と、自粛を要請している。

しかし、私のように家に相手のいない身では、ウェブのなかの誰かとの対局になる。碁石の代わりに、マウスでのクリックは味気ない。そして、ハンドルネームの相手との会話はチャットである。碁石を持っての碁なら、一局に一時間くらいかかるのだが、マウスでは、どうしても早打ちになり、クリックミスも多々ある。

やはり、囲碁は、対面で相手の顔を見ながら、冗談を言って打つのが楽しい。

だが、この対局スタイルは、ソーシャルディスタンスにはほど遠いのである。

「どうしよう、これからはマスクをして、おしゃべりなしで、一手打つたびに碁盤から離れるのかな」

そんなのつまらない。

「ああ、ウイルスに碁石を握る楽しみまで奪われてしまうのだろうか」

やはり、豊かな時間と心で、

碁敵は憎さも憎し懐かしし　〔落語「笠碁」まくら〕

と、楽しくおしゃべりのあった三密時代が懐かしい。

増えるもの、減るもの　二〇二〇年五月二十日

コロナ雨も、だいぶ小降りになり、西の空は少しばかり明るくなってきた。

こうなれば、少しは面白い文も書けそうだと、気持ちが浮いてくる。

しかし、すっかり小さくなった生活空間であるから、「アハハ」と、腹を抱えて笑うような事件はないが、「クスッ」とくらいの話ならある。

昨日、友に、「杉並区役所です。給付金交付について、あなたの銀行キャッシュカード……」と、振り込め詐欺をまねた電話をすると、友は、「あなた、だめよ。これスマホだから、しっかり、あなたの名前の表示で呼び出しよ」、との返事である。

「そうよね。素人ではうまくいかないね」と、四方山話《よもやまばなし》を続ける。

その会話の一部は、

「ねえ、我が家のトイレットペーパーの減り方が早いの」と言えば、彼女の答えは「うちもそうよ。そして増えるものは、ビールの空き缶よ」

「それも同じ。ワインの空き瓶もでしょう」

「そうそう」と、弾む会話に私は、

「ねえ、私には、増えないけれど、減らなくなったものがあるの、何だと思う？」と、クイズを出す。

彼女は「さあ？」である。

「答えは、財布の中のお金です」

「……」

「その心は、外食や自動販売機のお世話にならず、買い物は、キャッシュレスにして、お金に触れるのを極力避けました」

友人が、納得したのかどうかは定かではないが、「早く会って、吉祥寺でビールで食事して、デパートのトイレットペーパーを使い、お財布の中のお金を減らしたいね」

と、笑う。

「そうしよう。もうしばらく、詐欺に気をつけて、引きこもり老人を続けましょう」

と、電話を切る。

生の会話は楽しい　二〇二〇年五月二十七日

すっきりとした青空ではないが、二日ほど前にとにかく夜が明けた。緊急事態宣言解除である。

テレビや新聞では、動き出した街の様子を報じているが、この数ヶ月のおうちごはんおうち囲碁にすっかり慣れてしまった私にとっては、このような日々の来るのが、数年早まった程度であると思い、せめて二本の足だけは、外に連れ出すことにする。

最近では日課になった、近くの原っぱ公園までぽっくりぽっくりと歩く。公園の中央を突っ切ろうとすると、何やら視線を感じる。振り向くと芝生に腰を下ろしたマスク姿の老人がこちらを向いている。こっちも凝視する。すぐには思い出せなかったが、なんと、昔の会社の上司である。そして同時に、「久しぶり、元気？」と、挨拶する。

先輩は、「まあ、時間があるなら座れ」と、手持ちの雑誌を敷物代わりに芝生の上に置いてくれる。

私は、「ありがとう」と、雑誌を受け取り、「二メートルってこのくらい？」と、離れる。

「それじゃ、遠くて会話にならないよ」

「そうね。これじゃ、愛のささやきでなく、愛の叫びに、なっちゃう」

と、彼の隣に少しだけ離れて腰を下ろし、互いの近況報告や、同僚の現状の話をし、当然のように新しい生活様式の話題になる。

「ねえ、二十年くらい前にあなたから、『これからは、イーラーニングの時代になるかもしれない、勉強しておけ』と、文献を渡されたことを思い出した」

「そうだったな。日本はちょっと遅かったが、これからは、働き方もネット中心の時代になるようだ」

「昔の、黒板を前に、口角泡を飛ばしての会議が懐かしいね」

「うん。僕らの時代は、歴史の教科書に載るほど古くなった」

しばらく雑談をして、

「……そろそろ帰るか」と、先輩は立ち上がる。

「そうね。機会があったらまた会いましょう。ここで雑談しましょう」

「うん。電波のいらない生の顔で、生の会話をしよう」

と、別れる。


私は、帰り道、「ああ、生の会話は楽しい。私の新しい生活様式は、おうちごはん、おうち囲碁に加えて、時折、荻窪の不良仲間たちとの生の会話にしよう」と、納得する。

普通の日々　二〇二〇年五月三十一日

昨日、今年初めての蝶《ちょう》を見た。季節からすれば、初めてにしては遅いようだが、私にとっては最初なのでしょう。既にひらひらと舞う蝶を見ていたかもしれないが、コロナ禍の閉塞感のなかでは、気づく余裕はなかった。

近所の病院で、集団感染が発生したときなど、「自分は既にキャリアで、他人に感染させるのではないか」と、人に会うことさえ恐ろしくなり、買い物は極力ネットスーパーであり、外出は、ただただ、ボケ防止と足を弱らせないための散歩であった。

ゆとりのない気持ちでは、蝶など目に入らない。

ここ数日、少しばかり気持ちが落ち着いてきたのでしょう。公園の片隅の植木のなかをひらひらと蜜を求めて飛ぶ蝶に気づく。

数日前の知人のメールに、「普通の日々という日常の大切さ」とあった。その時は、「普通の日ってどんな日だろう。毎日が普通だよ」と、読み流していた。

ところが、今頃、老いてますます反応の鈍くなった頭は、終わりかけたツツジの蜜を求めて飛び交う蝶に、

「今日のように、素直に太陽の下に出ることが普通の日々である」と、教えられる。

「そうか」と、数分、蝶を愛で、マスクをはずして深呼吸する。

これが、私のこれからの普通の日々なのでしょう。

恐る恐る始動　二〇二〇年六月一日

スマホの予定表を開けば、二月までは、ほとんどの日々が埋まっている。そして、三月は半分ほどになり、当然のように四、五月は真っ白で何も記されていない。ところが、六月のマスに一つだけ予定が記されている。

数日前に、数年通っていた老人福祉施設から、「東京都の規制緩和がステップ2になったら、囲碁ボランティアを再開しますのでお願いできますか?」と、連絡を受け、「うーん」と、ちょっと戸惑ったのだが、「初日だけ伺って、様子を見させていただいてから……」と、返事をした。

その予定が記されている。

久しぶりに荻窪駅近くでラーメンの昼食をとり、福祉施設の松渓ふれあいの家に向かう。歩いて行くつもりであったが、雨がぽつぽつとあたる。少しばかり躊躇《ちゅうちょ》したがバスに乗る。公共交通機関を利用したのは二ヶ月ぶりである。

最初の第一歩は、施設の入り口で検温と手を洗い、そして利用者の仲間になる。既にほかのボランティアの人も来ており、活動の準備をしている。利用者の数は、以前ほどではないが、結構いる。テーブルの間には仕切りが置かれている。囲碁の対局では、二メートルのソーシャルディスタンスは無理であるが、ふだんよりやや離れて、「お願いします」と、碁石を握る。

「ああ、碁石を握ったのも二ヶ月ぶりだ」と思っていると、相手の老人も、

「もう、碁は打てないかと思ったがうれしい」と話す。

皆、我慢していたようだ。私は、

「いつまでも碁を打ちたいね」と、碁石を力強く置く。

無事、役目の囲碁ボランティアを終えて片づけようとすると、

「そのままでいいです。この後、碁盤や碁石を消毒します」と、スタッフの声がする。

「とりあえず、しばらく続けます」と、私はスタッフに挨拶し、歩いて帰る。

とにかく、全てが目新しく感じ、「大丈夫かな?」の復帰最初の一日が終わった。

周りは動き出したようだが　二〇二〇年六月十日

とかくこの夏は生きにくい。コロナに、熱中症のダブルパンチである。この歳になれば、一つのことさえ容易ではないのに、二つも対応しなければならない。外は暑い。朝の一連の家事を終え、熱中症対策にとお茶を飲んでいると、友からの電話である。

「元気？　午後、杉並の体育館に行くの。三時ごろ会いましょう」

「えっ！　また始めるの？　杉並体育館でなく、荻窪体育館でしょ」

「そう、図書館の向かい。待ってるね」

友人のヨガ教室が再開されたらしい。私は、「教室が終わったころに行く」と、電話を切る。久しぶりの再会である。自動販売機のお茶の代わりに、小さな水筒に冷蔵庫の麦茶を入れて出かける。

体育館の玄関ロビーで検温し、消毒液で手を洗い、彼女を待つ。

近くの喫茶店でもよいが、向かいの読書の森公園の木陰で、ザリガニを捕る子どもたちの声をＢＧＭにして談笑する。まだ、うす暗い密のある所は敬遠です。

友人は偉い。ヨガと仏画の趣味を再開したという。そして、「来週、銀座に買い物に行くけど、一緒に行く？」と、私の引きこもりを心配して誘ってくれる。

彼女は、コロナを意識しながらも動き出している。それに比べれば、私などは、先週ボランティアを再開しようと立ち上がったが、昨日は「やーめた」で、サボってしまった。熱中症とコロナのダブルパンチでは、おうちビールと、おうち囲碁が精いっぱいである。

夜は、彼女の手土産のソラマメをつまみにしてビールを飲む（満足！）。

映画を観る　二〇二〇年六月十六日

今日の表題は映画である。映画といっても、新宿歌舞伎町の映画館や、ビデオによる名画の鑑賞ではない。電車の四角い窓の外の動く風景が、今日の私の映画である。

四ヶ月ぶりに電車に乗り、荻窪から這《は》い出し、杉並を出て、中野を飛び越えて新宿までの小旅行である。

一年前の手術のフォロー検査で、慶応病院に行く。本来なら、若くて素敵な先生に会うために、紅をつけ、うきうきと出かけるのであるが、ここ数日のコロナ感染者数とマスク姿は、気持ちを萎えさせる。それでも勇気を出して電車に乗る。

レントゲン撮影と、血液を採り、先生との面談である。

先生は、レントゲン映像と血液検査の結果を見ながら、

「何も問題ない」と、いつもと変わらない。

「先生、肺に新型コロナの形跡はありませんか」

「ないよ、大丈夫だ。これからも、風邪をひかないように」

「はい。でも……」

「少しでもおかしい、と思ったら、連絡しなさい」

「わかりました」と、診察室を出る。

先生の「何も問題ない」の言葉に勇気づけられての帰りの電車は、窓外の動く風景を『映画』と名づけ、

「ああ、今年はまだ一度も東京から出ていない。どこか遠くに旅したいな」と、車窓に流れる街並みや緑を観る。

そして、小旅行の終わりに、駅前のマーケットで、山形県産のサクランボ「小さな恋人」を買って帰る。今宵の晩酌の肴は、この小さな恋人と、

五月雨を集めて早し最上川　〔松尾芭蕉〕

の、鮎の塩焼きの想像にしよう。

よかったです　二〇二〇年六月二十八日

本当によかったです。

時折テレビは「コロナうつ」という病の話をしている。画面のなかで医師が話す症状は、私のここ数ヶ月の状態に当てはまる。なかでも「日頃の趣味に興味がなくなり気力

がない」は、身につまされる。趣味の囲碁に対する興味はかろうじてあるが、全く勝てない。引きこもりの日々は、ただマウスを動かしているだけで何も考えていない。そんなわけで「あれよあれよ」と実力ランクが落ちる。「コロナうつで、このまま沈没してしまう」と、諦《あきら》めていたが、今月になって少しばかり動き出したら勝率が上がった。そして、数日前に、昔のランクに戻った。そこで、「まだ、大丈夫」と、完全に以前の生活に戻ることができないので新しい生活様式を試みる。

というのは、この安堵の後押しで近所のホームセンターで、アサガオの苗とホオズキの苗を数株調達し、育てることにした。ついでにマリーゴールドも調達する。

今年は、長期の旅行もしないだろうから、花を育てることができそうだ。

うつ病にならないように、囲碁とお酒の生活に、草花栽培を追加したのが、私の新しい生活様式です。

ボーナスゲット　二〇二〇年七月一日

七月の初日、いつ降り出してもおかしくない空模様の下で、私の二本の足は、少しばかり軽やかに区役所に向かっている。

昨日、公務員のボーナスのニュースを聞きながら、

「ああ、全く縁がなくなった。でも私もボーナスが欲しい」と、昔を懐かしむ。

「そうだ！　私にもボーナスがある」と、コロナ禍ですっかり忘れていたものを思い出す。

四月の旅行用にブラウスでも買おうと思っていた、杉並区「長寿応援ポイント」が貯まっている。「これを換金して私のボーナスにしよう」です。

このボーナスは、老人デイサービス施設でのボランティアのご褒美であり、これが楽しみで、老人が老人相手に囲碁を打っている。しかも、私は指導者であるから、区主催のイベント参加の一般老人の五倍のポイントで、結構貯まる。毎年福沢諭吉、二、三枚

分くらいになったときに商品券に換え、旅行用の小物などに使っていた。

区役所で、若い女性職員から商品券を受け取る。その時、彼女は、「熱中症にも気をつけてください」と、カウンター脇に置いてあった「熱中症ゼロへ」と、印刷されたうちわを渡してくれた。

「ありがとう」と受け取り、パタパタと煽《あお》ってみる。ついでに都知事選の期日前投票を済ませて帰る。

しかしながら、せっかくのボーナスも使い道がない。

生活費に充て、ビールの泡やそのつまみにしたくない。そんなのつまらない。何かちょっとしたものを買いたい。

引きこもりの日々で、欲しいものまでなくなってしまった（寂しい！）。

ついに羽ばたいた　二〇二〇年七月十一日

先月は、二ヶ月あまりの巣ごもりの日々から少しずつ脱出する。その一ヶ月の助走で

とにかく順調に動き出せたようだ。そんなわけで、七月の声とともに、

「いつまで引きこもっている。パソコン教室は始まったぞ」

「もう、囲碁会を開始してもいいんじゃないか」

などの、三鷹のSOHO仲間からの連絡で、今週は二度も電車に乗り三鷹に通う。

考えてみれば四ヶ月ぶりの三鷹である。

そして、昨日など、長年の碁敵と碁石を握って真剣勝負である。やはりネット囲碁とは違う。

いつもなら、囲碁会の締めは、居酒屋での談笑であるが、ここ数日のコロナ感染者数を考慮して、静かに解散する。

まだまだフル回転ではないが、こうして動き出せたのがうれしい。

しかし、以前のような歳を顧みずのフル回転はやめよう。

これからは、現役引退時に考えた、「一週三日、一日三時間」は、「ねばならない」のプレッシャーのあることを行い、後は「時に書を読み」「時に文を書き」「時に碁を打ち」の日々で社会とのつながりを持とう。

今回のコロナ禍は、マスコミのいう「新しい生活様式」にはほど遠いが、私なりの生活に一区切りを与えてくれ、新たな巣立ちをもたらした。

「犬も歩けば棒に当たる」というが、人も引きこもりから脱出して、動き出せば何かに遭遇する。今週は素晴らしいことがあった。

近所のゆうゆう西田館の館長と、老人囲碁会の再開について話し合った。その時、館長さんのマスクを「素敵ね」と、褒めると、

「欲しい？　あげるね」と奥のほうから取り出しながら、「これ百合子マスクと同じよ」と渡される。

「えっ！　ほんと」

「そう、これをつくっている方は、ここの手芸サークルの先生で、知事にマスクをプレゼントしている素敵なご婦人よ」と言う。

思いもよらずの素晴らしいプレゼントで、「やったー」と、小さなガッツポーズをする。

やっぱり、巣ごもりから羽ばたいてよかった。

笑いを求めて　二〇二〇年七月二十五日

しとしと降る梅雨の雨と、ジャージャー降るコロナの雨が、せっかく羽ばたきだした羽を容赦なく濡らしている。

本来なら、「オリンピックだ、連休だ」と、浮かれているはずであるが、この日々の鬱陶しさにつぶされそうだ。こんなときは、笑いがあれば少しは慰めになる。

でも、「アッハッハッハ」と大きな声で笑っては、感染するので禁物である。そこで、マスクの中でちょこっと笑おう。これなら飛沫をまき散らすことはないだろう。

梅雨の晴れ間をみて、買い物に出かける。腰の万歩計に働いてもらおうと、少しばかり遠回りをして井伏鱒二が愛した駅近くの弁天池公園に寄る。

池のハスの花を観ながら鱒二の小説を思い出していると、小さな子が、おぼつかない足取りで向かってくる。私は両手を広げて行く手を邪魔すると、その子は立ち止まり、きょっとした顔で私を見上げる。

「どうしたの？　ママはあっちよ」と、マタニティ姿の女性のほうを指さすと、追いかけてきた女性は、

「おばあちゃんと間違えたみたい」と、軽く会釈をする。

私も、軽く頭を下げ、

「坊や、よかったね、このばあさんと濃厚接触しなくて」

「いいえ、娘です」

「ごめんね、お嬢ちゃん。バイバイ」と、別れる。

ほんの一時であったが、マスクの中で、「クスッ」と笑い、澄んだ眼の可愛いお嬢ちゃんに慰められる。


おまけに、もうひとつの雑談。

「都民は東京から他県に移動禁止よ」

「うん、わかった。小笠原でも行こうかな」

「そうね、都内に間違いないね」

こんな、会話でクスッと笑い、鬱陶しい気分を和らげる。

ああ、今年は終わった　二〇二〇年八月三日

八月の声とともに梅雨が明けた。久しぶりの青い空と太陽の日差しを楽しもうと表に出る。すると、「待ってました」とばかりに蝉《せみ》が激しく鳴いている。

「おお、君たちも待っていたのか。でも君たちはいいな、そんな大きな声を思う存分出せて」と、例年なら暑苦しさに鬱陶しいと思う蝉の鳴き声を羨む。

テレビに映る相撲風景を見ても、「御嶽海、朝野山」など、贔屓《ひいき》への声援はなく、静かな拍手のみである。そして、始まった歌舞伎公演も「成田屋」などの大向こうは禁止らしい。これが、これからの新しいスポーツ観戦、歌舞伎鑑賞になるのだろうか。

私は、年中行事の一つとして、日本の古典文化に浸ろうと、相撲や歌舞伎を楽しみにしていたが、今年は無理だろうと、一抹の寂しさを感じていると、追い打ちをかけるよ

うに杉並囲碁連盟からの電話である。

「今年の杉並区の囲碁大会は中止です」の知らせである。

多分だめだろうとは覚悟をしていたので、落胆することもなく、

「当然、日中親善囲碁大会や青少年囲碁大会も中止でしょうね」と問いかければ、

「全て中止です」

「しかたがないね。とうとう、老人の行くところがなくなっちゃった」などと、少しばかり雑談をして電話を切る。

手元のスマホをみながら、「ああ、私の今年は終わった」です。まだ四ヶ月も残っているが、何も楽しみがない。老いとコロナに全てを奪われてしまった。「どうしよう」しかたなくおうちビールで、老いの寂しさを紛らわそう。

ささやかな楽しみを見つけて　二〇二〇年八月十六日

毎日暑い日が続く。例年ならこの暑さを避けて冷房も扇風機も必要としない信州の山

の中にこもるのであるが、今年はそういかない。都知事は「今年は特別な夏ですから我慢しましょう」と、ボードを掲げている。だから冷房の中でおとなしくしている。でも春も特別な春だった。この分では秋も特別、冬も特別になりそうだ。そうして一年が過ぎて、コロナの死亡者数より、回らなくなった経済の死亡者数のほうが多くなり、経済の起爆剤と思ったオリンピックまでも中止になったりする。こんな悪夢を考えながら暇つぶしにコーヒーを飲む。

しかし、ちょっとしたうれしいニュースもある。高円寺の囲碁仲間から「囲碁会を再開したよ。サプライズもあるよ」、との連絡を思い出し、荻窪の囲碁友達に誘いの電話をする。

「高円寺の碁会に行こう」

「うん……、でも密じゃないか」

「あそこは広い部屋で、人数も少ないので多分大丈夫だと思う」

「そうだったな、行ってみよう」

「熱中症対策のお茶を忘れないで。多分無料の給湯器は使えないと思う」

簡単な昼食をとり、高円寺のゆうゆう館に行く。入り口で手の消毒、検温をして部屋に向かう。開けっ放しのドアから入ると、いつもは隅のほうで固まって碁を打っているのだが、広い部屋を隈なく使い、碁盤と碁盤の間は、十分に開けられている。既に荻窪の友は対局中であった。私は軽く挨拶をして、世話役の碁敵に話しかける。

「来ました。ところでサプライズって何？」

「暇に飽かせて、篠《しの》ちゃんの言う長寿応援事業に申請したら認められた」

これは、区が実施する高齢者事業に参加したらポイントがもらえ、貯まったポイントを、区内共通商品券に交換することができるという、うれしい高齢者サービスです。

「そう、よかったね。じゃあ、長寿応援ポイント頂戴」と手を出す。

「それが、まだ区役所から届いてないいんだ」

「なーんだ、しかたがない。一局お願いします」と、対局を始める。

こうして、数局打ち、荻窪の友と帰りの電車に乗る。

彼は、「電車に乗るの二月以来だ。散歩と買い物以外は、どこにも行ってない」と笑う。

「ねえ、私、荻窪の区民センターの囲碁は結構密だから行かないの。あなたも？」

「うん。年会費払いに様子見にいったら大勢いたからやめた」

「じゃあ、私のやっているゆうゆう西田館の碁会に来ない？　今は三人なの。あなたが来れば四人でちょうどいい。毎月第一日曜日。電話するね」

「西田なら近いから行くか。今日はこれから昔のように、女房も呼んで生ビールでも飲みたいが、どうする？」

「今日は、やめておきましょう。奥さんによろしく」

「やっぱりな。妻も『多分無理よ』と言っていた」

「これからは、高円寺と西田で長寿応援ポイントを貯めて、コロナが落ち着いたらそれで飲みましょう」と別れる。

思い切って都県境を越えて　二〇二〇年九月十日

重陽の節句が過ぎ、朝夕は少しばかり涼しくなったような気がするのに、百合子お母さんは、傘寿に近いこの老犬（おっと間違えました）老婆に、「ステイ」と命令したままいつになっても「ゴー」と言ってくれません。そして、近い将来新しい主人になろうとしている「令和おじさん」も、この老婆の地域は蚊帳の外である。そうなれば、自分で自分に「ゴー」と命令する。

友人が通う仏画教室が主催する仏画共同展（仏教美術の世界）に行く。本来なら三鷹の納経ガールを誘って出かけたいが、この時世だから、一人で友人の数年の作品を鑑賞するつもりでいた。

ところが、不思議なことに、昨夜、現役引退後も月一回ほど仏画の友人と三人で昼食会をしていたその友から、ご機嫌伺いの電話がある。

私は、「ねえ、仏画展に行こう？」

仲のいい三人ばあさんである。二人で行けば喜ぶだろうで、誘う。友人は、電話の向こうで躊躇しているようだが、「十時に荻窪駅で待っているね。十時に来なければ一人で行くから気にしないでいいよ」と、電話を切る。

今朝、来るか、来ないかを半分半分の気持ちで待っていると、友が現れる。なんと、一月の新年会以来の再開で気持ちが弾む。積もる話をしたいが、電車の中は極力会話を避けて、東京都を抜けて千葉県市川市の会場に向かう。

お経のＢＧＭが流れるなか、友人の仏画を中心に菩薩像や観音像を鑑賞し、昼食を会場近くのファミリーレストランで久しぶりの三人そろっての会食である。

「やっぱり、思い切って来てよかった」

と、にっこり笑う同行の友も、私と同じように九ヶ月ぶりの都県境越えだという。

「でも、数日中に接触アプリのお世話にならないことを祈りましょう。この仏様に」

私は、さっき撮った友の仏画の写真をスマホ画面に出し、皆で手を合わせた。

花が咲いた　二〇二〇年九月二十日

彼岸の入りである。重陽の節句から彼岸にかけての期間は、私にとっての鬼門の時期である。夏の陽がまだ残るなかに、時折見つける秋が気持ちを萎えさせる。ところが、今年はそれがない。どうしてだろう？　きっと、今年は、春から夏にかけて、激しく動き回ることもなかったから、例年の燃えつき症候群にならないようだ。

いつもとは違う春夏を過ごし、新しい生活様式にすっかり慣れた日々である。そして、何やら落ち着いた気分を祝うかのように、六月に植えたアサガオが咲いた。ついでに蒔いたコスモスも咲く。元来花を愛でるような風流を持ち合わせていないが、育てた花であるからうれしい。

後は、自分の心の花を咲かせたい。その種を模索しよう。まだ、平均寿命まで十年あるから、ヒマワリのような大輪の花は無理だろうが、咲き出したコスモスの花くらいでよい。人に頼ることなく動けるうちに花を見つけ、コロナによる認知症老人増加の一人にならないようにしよう。あの世の閻魔《えんま》さんからの連絡によると、彼の国では、円もドルも使えないらしい。それならこの世で小さな花を咲かせるために使おう。

コロナ禍を忘れて　二〇二〇年九月二十八日

夏から秋に向かうすすき梅雨が明けたようだ。今日は、久しぶりに朝から青空と太陽であり、なにやらうれしい。陽の光に誘われて早朝の散歩をし、大好きな朝風呂に入ると、何か書きたくなる。この青空と公園のススキで思い出した子どものころの話にしよう。

私の田舎は信州の山の中であり、秋になると、今朝のような青空の下の稲刈りを思い出す。

私の子どものころの農業は、今のように機械化されていなかったので、農家の子どもは、休みの日には、家の手伝いをするのが当たり前であった。

田植えのころは梅雨であるため、昼食は自宅に戻ってするが、稲刈りは、秋の晴れた日に行うので、朝に弁当をつくり、田んぼで食べる。

稲刈りのときの子どもの主な仕事は、おやつや昼めしのお湯を沸かすことであり、稲刈りそのものより、近くの里山で、枯れ枝や葉っぱを集めて、田んぼの土手に棒をさし込み、そこにやかんをかけて湯を沸かす。午前のおやつは、朝に家で煮たサツマイモやカボチャであるので、お茶の準備だけですむ。

おやつを食べ、ちょっぴり稲刈りをし、昼の準備にはいる。

まず、田んぼの畔《あぜ》の茶色になりかかっている大豆の中から成長遅れの青いものを探し、枝豆の準備である。そして、刈り取った稲を並べての食事場所を田んぼの片隅につくる。

「そろそろ、飯にするか」と、大人が集まる。その時、父か母のどちらかが、近くの茅《かや》(ススキ)の葉をはがし、茎で、私の箸をつくってくれる。そして、「これで昼飯を食べたら遊びに行っていいよ」と、開放してくれる。

青空と赤くなり始めた山を観ながら、この箸で食べた弁当が懐かしい。

今日の青空は、コロナ禍を忘れさせ、故郷の空を連想させる。

二つのいのち

そろそろ母の命日が近い。それに春の彼岸である。「墓参りを兼ねて田舎に帰ろう」と思いながら布団に入ると、滅多に鳴らない電話が鳴った。一番上の姉からである。

「妹が入院しているの。もうすぐ一時退院の予定だけど、見舞いを兼ねて帰ってこられる？」

「そうなの？　彼岸には帰るつもりでいるから……」で、電話を切った。どうやら次姉の具合がよくないようだ。


それから一週間ほどして姉宅に顔を出すと、数日前に退院したばかりの、少し痩せた様子の姉が迎えてくれた。

「元気そうじゃん。寝たきりかと思った」

「うん。でも食べ物が喉を通らないの。このまま終わりそう……」と、力のない声で答える。

それでも姉は、台所で椅子に腰を下ろしながら、止めるのもきかず、私のために夕餉《ゆうげ》を準備してくれている。義兄は所用で外出しているようだ。

姉が背を向けている間、家の中を見まわすと、以前と違って少し乱雑になっている。姉の趣味は、掃除、洗濯と言えるほど綺麗好きであったのに、整理する気力がでないのか、やはり体がしんどいのか、少し気になりながら久しぶりに姉との食卓を囲んだ。

「ねえ、私、今年喜寿になるの。それを記念にまた本を出すつもり。喜寿と出版祝いに、私たちがつかった産湯の温泉に行こうよ」

「うん、生きていたらね」

「なに言ってるの、大丈夫だよ。人間はそう簡単には逝かないよ」

「そうかなー、多分無理」

「妹たちも誘って、産湯近くの旅館で姉妹会をしましょう。近くだし、ねっ」

その日は、姉を元気づけようと、自身の闘病生活や友人の復帰談を話し、願いも込めて、「姉さんの容体は、秋の私の誕生日までにはよくなってる」と言って別れた。

その後、入退院を繰り返し、会うたびに衰弱していく姉に、とにかく姉妹会の実現を約束させた。

東京に戻ったある日。その日は病院から離れるのを拒むようなおかしな日であった。

私は、昔の病のフォロー検査のため、手術を受けた荻窪病院で心臓のCTを撮り、主治医の「別に異常はない」の言葉に安心して、帰りのバスを待っていると、携帯が鳴った。病院からである。どうやら会計の際に財布を忘れたようだ。急いで受付に取りに戻り、「やれやれ……」とバスに乗れば、再度病院からである。

声を潜めて、「何か、まだ忘れものですか？」

「いや、僕です。すぐ戻れないか？　話したいことがある」と、主治医の声で、今度は診察室に戻った。

「先生、戻りました」

「先刻は、心臓を診ていたので気づかなかったが、肺に異物がある」と、CT画像にカーソルを当てながら説明されたが、医学知識のない私にはわからない。

「呼吸器内科を予約するから、明日、診てもらいなさい」と、予約票を渡された。

「ついに、私にも死の宣告か」と、両親をがんで亡くしている私は、「異物イコールがん。がんイコール死」を連想しながら再び帰りのバスに乗った。

こうなれば、数日前に腰を上げた出版作業だけは完結し、産湯で姉妹たちに形見として本を渡し、「さようなら」を言いたい。

六月の梅雨空の下、私は荻窪病院の二人の先生の紹介状とＣＴ画像を持って、信濃町にある慶応義塾大学病院呼吸器外科を受診した。

若い先生は、荻窪病院の先生と同じように「三年前と今回は違う」と、二つの画像を示すが、ネットのにわか勉強の私では皆目判別できない。

「先生、本当にがんですか」

「可能性は非常に高い。切除しましょう。荻窪病院の先生もそうおっしゃっている」

「……はい」

「もう一度来てもらい入院の手続きをしましょう」と、心電図、肺活量などの簡単な検査をしてその日は終わり、二回目は麻酔医からのレクチャーを受け、入院手続きをし、

「後ほど、入院日と手術日を連絡します」で帰った。

「入院は一ヶ月くらい先がいいな」と思っていると、すぐに、「今週の木曜日に入院し

て、土曜日に手術と決まりました」との連絡を受けた。「ずいぶん忙しいな」と、病院から渡された『入院について』のしおりを見たり、ネットで肺がんの病状などを調べていると、今度は、田舎の姉からの電話である。

「妹が危ない。すぐに帰って来て」

「先週見舞ったとき、すっかり弱ってはいたけど、まだ大丈夫だと思っていたのに」

翌朝、私が次姉宅に着いたときには、すでに姉は、和室の仏壇の前で安らかに眠っていた。

「ああ、秋までは待てなかったか」と、姉のもう決して覚めることのない寝顔を見ながら、私は、自分の入院と手術のことを語り、告別式には出られないことを詫びた。姉の寝顔は、「いいよ。私の分まで長生きしなさい」と、言ってくれているように見える。

通夜を済ませ、慌ただしく東京に戻った私は、すぐに入院し、二日後には手術を受けた。

術後、一般病棟に戻ったとき、

「先生、やっぱりがんだったんですか」

「腺がんだったよ」

「あと、何年くらい生きられますか」との問いに、先生は明言せず、

「全部とったから当分の間は大丈夫だ。すぐ退院できるよ」

私は、十日間ほどの入院生活を終え、無事、自宅に戻った。


秋になり、本は完成したが、産湯の姉妹会は実現しなかった。

私は、上梓した本を姉の仏前に供え、「無事喜寿を迎えました」と報告した。

義兄の話では、息を引き取るとき姉は、「ぽろり」と涙を流したとか。

きっとその涙は、私への点滴であったのでしょう。

姉は、女性の平均寿命までは生きられなかった。私は、自分の平均寿命に、姉の残り

の分を足した歳まで長生きをすることを、形見となった床の間に飾られている姉の書いた掛軸に誓った。

姉の命は病に負け、私の命は姉が息を引き取る時に流した涙の点滴の力を借りて病に勝った。明暗を分けた二つの命はいずれ一緒になるのだろうが、それまでは残された一つの命と仲良くしよう。

追記

このエッセイは二〇一九年の秋に綴《つづ》りました。次姉は、このコロナ禍を経験することなく、彼岸へと旅立ちました。

おこもり日帳

其の参

生きています　二〇二〇年十月四日

毎年この時期になると「あなたは、生きていますか」と、企業年金事務局から便りがある。正しくは、「年金現況調査」と言うらしいが、私は「生きていますか？」の便りと思っている。だから、早速「はい、生きています！」と書いて投函します。

お国からの年一回の生死伺いには、淡々と事務処理をすればよいが、自分の怠慢が原因で、友人からも「生きていますか？」と、時々メールが届く。

先月の長雨の期間中に、知人の運営するパソコン教室のお手伝いを数回サボってしまった。すると、いつもの仲間から「生きているなら連絡しなさい」などの、お叱りがあっちこっちからある。

恐縮しながら久しぶりに参加し、そろそろ終わろうとしているとき、仲間の一人から、「篠《しの》ちゃん、ＬＩＮＥ使っている？」と、語りかけられる。

「インストールはしてあるけど、必要ないのでほとんど使ってない」

「じゃあ、LINEにグループをつくろう」と言って、スタッフのグループをつくり、その連絡メッセージに、「篠ちゃんの安否確認グループを立ち上げました」である。するとメンバーは、「篠ちゃんだけでなく、私の安否もね」、「いいね。お互いに元気確認」など、いろいろなメッセージが飛び交って、一日が終わる。

私は、翌朝目が覚めると、今日くらいは連絡しておこうと、「目が覚めました」の報告に、おまけとして、「早く、皆さんと飲みたいな」と付け加える。皆も「飲みたいな」と、可愛いスタンプ入りで返事をする。

年金の「生きていますか？」は、口の糧の保障であり、長年の仲間からのたわいないメッセージは、心の糧を賄う。

どうやらこれで、しばらくはこの世に居座りそうである。

生き甲斐は生きること　二〇二〇年十月十八日

今日は、七十八回目の誕生日である。めでたさなどはどこにもないが、先日の女子大生との会話を振り返る。

知人の依頼で、女子大学生の卒論資料のアンケート調査に回答し、大学生と面談をする。アンケートに回答するときも、「うーん、なんて答えよう」と迷ったが、とにかく送信しておいた。面談では、老人の生き方についてなど、平凡な質問であったが、大学生は「悩みなし、困ったことなし」のアンケートの回答に、「そんなもんですかねー」と不思議そうであった。私は、「ねえ、この歳になれば、社会との関係は面から線になり、おまけに今回のコロナ禍で点になり、摩擦面がなくなってしまい、悲しみや怒りなど忘れてしまった。広く社会と接して、喜怒哀楽を満喫できる若い人が羨ましい」

学生は、「これからの希望とか、生き方は？」と問うが、「さあ、希望はないね」などと、雑談を交えて半時ほど会話し、「多分あなたの期待する老人でなくてごめんね。でもありがとう。久しぶりに若い人と会話ができて楽しかった」と別れる。

帰りの電車の中で、区報のコラム欄の記事を思い出す。その中に「生き甲斐を問われて答えは、『生きること』」とあった。その時は、軽く「そうだよな」と読み流していたが、女子学生との会話で、「生き甲斐より、死に甲斐」を考える時期になっていることをあらためて認識する。

Go To GO（碁）　二〇二〇年十月二十五日

久しぶりの太陽のある週末である。目覚めて、ベランダの陽の光を見れば、気持ちも晴れである。簡単な朝食をとり新聞を開けば、「『Go To トラベル』観光案内」の広告が飛び込む。

「私も、どこかに行こうかな」と、眺めるが、おうちビールとおうち囲碁の毎日にすっかり慣れてしまい、簡単には食指が動かない。コロナと老いは行動をますます鈍らせたようだ。

この素晴らしい秋晴れの日に、パソコンに向かっての囲碁では寂《さみ》しい。そろそろ、予定のない日の暇つぶしのために、碁会所を探さねばならない。昨年まで通っていた区民センターは、メンバー数の割に部屋が狭いので敬遠していた。マスクをしていても密になりそうだ。広さに余裕があり、いつでもふらっと行って楽しめる場所がよい。

数年来の碁敵はどうしているのだろうかと電話する。やはりみんな、密な碁会所へは二の足を踏んでいるようだが、引きこもりから抜け出そうといろいろ探しており、「最近、西荻や、阿佐ヶ谷の碁会所に行っている。今日は阿佐ヶ谷に行く予定だ。あそこは、昼間は空いている」などと、状況調査結果を教えてくれる。「私も通いやすいところを探そう」と、手始めに西荻、阿佐ヶ谷、そして、吉祥寺の碁会所へと、数日かけて回る。結論は、「その日の気分で行く先を決める」ことにする。

碁会所に集まるのは、素人の囲碁仲間であるから、雑談や対局後の飲み会が楽しいのであるが、コロナのせいで今後はそれができそうもない。

囲碁の別名に手談《しゅだん》がある。この言葉どおり、手と碁石で会話しながらの対戦が正しい姿であるので、多くの碁会所は雑談を快く思わない。それでも碁会所ならば、ネットと違って、気のおけない仲間たちの生の顔が見える。

この秋晴れの空に背中を押され、新しい生活様式による「Go To GO（碁）」を「レッツ・ゴー（碁）」と開始する。

「おいしいな」を試みるが　二〇二〇年十一月十一日

ついに、主治医に自粛太りがばれてしまった。六月と八月の定期健診では、先生の「体重の変化は？」との問いに、「変わりありません」と、答えていた。

しかしながら、先月末の健診では、いつもの心臓周辺に加えて、前回の血液検査結果による胆のうの超音波検査を受ける。

先生はエコー画像を見ながら、「別に問題ないが、少し内臓脂肪がついたな」と画像を指す。

私は、「はい、自粛太りで」と、答える。

先生は、「最近、このような人が増えたよ」

「だって、先生、何を食べてもおいしくて」

「それはよいことだが、『おいしかった』でなく『おいしいな』でやめておきなさい」

私は、「うん?」と、一瞬、答えに戸惑ったが、言葉遊びの好きな習性から直ぐに理解できた。

「先生、『おいしかった』は腹十二分目で、『おいしいな』は腹八分目ですね。わかりました」と、診察を終える。

それから十日ほど腹八分を試みるが、毎日乗る体重計の数値は変わらない。当たり前である。コロナ禍の自粛生活では、入力エネルギー量を増やし、出力エネルギーを減らす。だからその差分が脂肪として体内に蓄まる。簡単な算数である。減った出力エネルギーの代表例の一つは、昨日のような、月に一、二回の三鷹の仲間とのミーティングはオンラインになり、そうなれば、自ずと駅までの徒歩やミーティング後の居酒屋での談笑もない。

そして、最も大きな要因は、私の行動の原点である囲碁にある。コロナ禍前は、てくてく歩いて碁会所に行き、重い碁石を持って、パチリパチリと指の運動であった。それが、家でのインターネット囲碁になり、おまけに相手に見えないことを幸いにお菓子をポリポリである。

出力エネルギーを増やそうと思っても、御上の「ステイ」の命令に慣れ切った老婆であるから、少々の「ゴー」では腰が上がらない。

そこで、主治医の「これ以上、脂肪を増やさないように」の言葉を幸いに、「おいしいな」を念頭に、現状維持を目指すことにする。

花見変じて紅葉狩り　二〇二〇年十一月二十四日

先日、三鷹の仲間とのオンラインミーティングに参加すると、最初に飛び込んできた友の顔を見た途端に「元気？　春の花見の代わりに高尾山の紅葉を見に行こう」と、誘う。

友とは、正月のささやかな新年会で、高尾山の花見を計画したが、コロナ禍で中止したままであった。私の誘いに友は、

「いいよ。でもどうして急に？」

「さっき、テレビで京都の紅葉を見たら、急にどこかに行きたくなって」

それを聞いていたほかの仲間も、「僕も行く」「私も」で仲間が増え、予定の打ち合わせ事項より話題が盛り上がり、三連休を避け、今日の段取りとなる。

小さな水筒にお茶を入れ、コンビニでおにぎりを調達する。太陽の見えないのを寂しく思いつつも電車に乗り、仲間の待つケーブルカーの清滝《きよたき》駅に向かう。参加人数が増えたので、誘った友の「ケーブルを使わずに下から登る」の主張もなく、色づいた木々の間をケーブルカーは高尾山駅に着く。そこから薬王院に向かって、大勢の観光客に交じり、ぽっこらぽっこらと歩く。私のいつもの高尾山散策はこのお寺までであるが、健脚の友であるから、山頂までは当然とばかりに進む。私より高齢であるほかの仲間の顔を見渡すが、皆、ためらいもなく歩き出す。

「行くの？　大丈夫かな」と、階段や上り下りが続く道のりを友の後につく。

とにかく、海抜五百九十九メートルの山頂に着いた。残念ながら富士山は見えなかったが、こうして、精いっぱい頑張った体の、数日後の筋肉痛を覚悟して、花見変じて紅葉狩りになった晩秋の一日を楽しむ。

思い返せば、今年初の行楽である。「今年初」と言う言葉は、年当初に使う言葉であるが、今年は特別な年である、間もなく師走を迎えようとしているこの時期に使う。

恵まれない子どもたちに　二〇二〇年十二月十一日

今日は、これといった予定がない。ガラス越しの冬の陽を背中に、のんびり本でも読んでいようかと考えるが、既に師走の半ばである。江戸の昔から師走は、庶民が慌ただしく動き回る時期とされている。しかしながらこの歳になると世間とのつながりが薄くなり、忙しく動き回るような用事がない。そこで、本年唯一の社会貢献をする。社会貢献とはずいぶん大口をたたいたが、このくらいは老人の戯《たわむ》れとして許してもらおう。

私は、一年間、瓶に放り込んでおいた小銭を歳末助け合いに、「恵まれない老人から恵まれない子どもたちへ」の気分で寄付をすることにしている。

いつものように、買い物袋に小銭を流し込み、『ベニスの商人』の金貨の袋の形にする。ところが、今年の袋は例年よりぐっと小さい。考えてみれば、昨年の暮れの消費税値上げ時に、政府の五パーセント還元によるキャッシュレスの呼びかけに応じて、日々の買い物はＰａｙＰａｙとＳｕｉｃａに切り替えた。その時は、五パーセント還元の魅力がなくなれば、元に戻るだろう、であった。

しかしながら、その後のコロナ禍は、不特定多数の人の手を経る現金のやり取りを極力なくすために、街の自動販売機は小さな水筒に、買い物はネットスーパーに、そして、不要な外飲みがおうちビールになる。これでは自ずとポケットの中に小銭は発生しない。

小さくなった金貨の袋を持って郵便局に行く。郵便局員が、自動コイン計数機に小銭を流し込む。そして局員に示された金額をみて、例年の金額に足りない分は財布の中の野口英世博士に助けていただく。野口博士は、恵まれない老人の頼みを、快く引き受けてくれました。

軽くなったリュックを背にして郵便局を出る。

「ああ、今年も年末行事ができた。来年もこの日があることを願って」
と、初冬の青い空を見上げる。

くそじじいからくそばばあへのプレゼント　二〇二〇年十二月二十一日

春の訪れを告げる節分の時期に、クルーズ船でコロナ火がちょろちょろ燃え出し、その時は、対岸の火事を眺めるように「そのうちに鎮火するだろう」であったが、その後、火はますます燃え、その火の粉を避けながらの特別な春秋を経て、今日は冬至である。

私は、二十四節季の中で「立春」と同じくらい「冬至」が好きです。冬至は次に続く「小寒・大寒」と本格的な寒さの訪れを告げるものであるが、その冬の厳しさを思う気持ちより「明日からだんだん日が伸びる」の喜びが勝る。

先日、荻窪の不良仲間から例年のように冬至用のゆずをいただく。「ありがとう、今年は無理かと思っていたのに、よかった」と、受け取った買い物袋を覗《のぞ》くと、書店のカバーをした一冊の本が入っている。

「本が入っているよ」と、取り出そうとすると、彼は、

「ついでにクリスマスプレゼントだ。結構面白いよ」

「えっ、うれしい」と開いてみる。

なんとそのタイトルは『くそじじいとくそばばあの日本史：大塚ひかり著』である。

「くそじじいからくそばばあへのプレゼントね」

「うん。最近、あまり本を読んでいないのだろう」

「そうね。暇を持て余しているのに、すっかり活字離れして、月に二、三冊くらいが精いっぱい」

「くそばばあを図書館で見かけなくなったからな。本の中のくそばばあはいいよ。じゃあ」と、背を向ける。

「飲まないの？」

「今日はやめておこう、感染者八百人だ」

しかたなく、おとなしく帰り、読み始める。書評を書くほどの才はないが、書中のく

そじいやくそばばあの活躍ぶりに感嘆すると同時に、久しぶりに本を読みながらクスクスと笑った。

今宵は、優しいくそじじいからいただいた、ゆずを搾った湯豆腐とゆず湯でその香りを楽しみ、

冬いたる豆腐も我もゆず湯かな　〔篠原富美子〕

と、一句を試みる。

そして、全く次元が違うと思いつつも「これで、少しは、書中のくそばばあに、近づいたかな」である。

晴れ着は百合子マスク　二〇二一年一月一日

郷里の俳人小林一茶は、「めでたさも中ぐらいなりおらが春」と、詠んだが、中ぐら

いの春を迎えることができるとは贅沢《ぜいたく》である。二〇二一年の賀春であるが、ぼっち正月の身の回りには、めでたさの欠片もない。今年は、ぼっち正月を覚悟していたので、同じぼっちなら上げ膳据え膳がいいだろうと、伊豆の温泉泊を計画した。しかし、連日のコロナ感染の増加で諦《あきら》めた。

今朝は遅い目覚めで、表をみればベランダに陽がある。日の出からは相当遅れているが、ちょっぴり仰ぎ見てまぶしさと同時に手を合わせて、軽くお辞儀をする。

テレビによれば、日本列島を数年に一度という猛烈な寒波が襲っているようで、日本海側は大雪らしい。でも、寒波の襲来は必ず数日後には終わる。ところが、東京のコロナ感染の襲来は先が見えない。それでも、新しい年の始めぐらいは楽しい気分で過ごしたい。

私は、信州の山の中の「貧乏人の子沢山」を象徴するような農家の生まれである。その子どものころの元旦は、「初日の出」を拝み、仏壇の前に行くと、名前の入ったお年玉袋と新しいセーターや半纏《はんてん》が置かれてあった。貧しいなかで母が子どもたちの正月用の晴れ着として用意してくれたものである。立派な着物ではないが、「正月だ、新しいものを一つくらい身に着けなさい」の心遣いだったのでしょう。

ぼっち正月の雑煮を食べながら、半世紀以上の昔の春を思い出し、「そうだ、今日の私の晴れ着は、夏にゆうゆう西田館の館長さんからいただいた百合子マスクにしよう」。新しいものを一つでも身に着ければ、めでたさも中ぐらいに少し近づくかもしれない。

新しいマスクをして、近所の荻窪八幡神社で、「コロナウイルスに感染しませんように」と初詣をする。

ああ、目の保養ができた　二〇二一年一月十一日

ついに二回目の緊急事態宣言が発出された。それを待っていたかのように数日の東京の感染者の数はびっくりである。昨年一年間で、お国の飼い犬のように「ステイ」「ゴー」に従い、自分なりの新しい生活スタイルは「こんなものか」と納得して、両手で間に合いそうな残りの歳月を過ごそうであった。

そんな私でもここ数日の感染者数にびびったわけではないが、先週末の三鷹の初打ち囲碁会中止報告メールの発信と同時に、高円寺の仲間との初打ち不参加を連絡する。これで今年最初の三連休の予定は消えてしまった。

前回の緊急事態宣言より「ゆるゆる」の制限であるが、静かな正月の続きと決め、おうちビールでのオンライン新年会で我慢する。

連休の最後の今日は成人の日である。ネットやテレビによれば東京二十三区で式典を会場開催するのは、我が杉並区のみである。これに対して「どう・こう」言う見識は持ち合わせないが、私の退屈な三連休にちょっとしたメリハリをつけてくれた。

式典の会場は、自宅前の環八を越えた先の杉並公会堂である。

「晴れ着姿の若い人」を愛でようと、買い物を兼ねて出かける。

会場前のちょっとした広場に集う着物姿やはかま姿の若い人を、「いいな。羨ましいな」と思いながら駅前のマーケットに向かう。

はち切れそうな若さを体いっぱいに表して談笑する姿は、コロナ禍のマスクを意識させない。若者にとっては、マスクもファッションの一つにしている。

例年なら「おめでとう」と一言いって、通り過ぎるのであるが、今年は遠慮する。だから、若者から若さを盗んだままで、気持ちだけの、「ありがとう。ああ、目の保養ができた」である。

生き延びようね！　二〇二一年一月三十一日

私のＳｕｉｃａカードは、現役時代に通勤定期券と兼用で調達したものである。だから、そのカードの表示は定期券の有効期限23.4.24の印字の状態で止まっている。平成二十三年は、西暦二〇一一年で日本人の多くの人たちは、二〇一一年と耳にすれば、あの大津波と福島の原子力発電所惨事の東日本大震災を思い出すことだろうが、私にはもう一つの災難があった。それは、十年前の今日、彼の国へ一泊二日の船旅をしたようである。病院が調達したベッド船に乗り三途の川を渡るが、対岸の土手が高くて登れず、閻魔《えんま》さんに追い返された。

なぜ一泊二日であるかですが、朝、看護師さんの助けを借りてベッドに乗ったことまでは覚えているが、途中、土手の上に広がる花畑を見たようなで、次に目が覚めたときは翌日の午後であった。だから一泊二日旅行であり、その後の命はおまけである。私は、その病を機にすっかり仕事を辞め、残りの人生をおまけとして、年金生活に徹して十年も続いている。「もう、十分でしょう」と思うが、どうもまだまだこの世に未練があるようです。

先日、長年の友と語らう。いつもなら喫茶店か居酒屋で逢瀬を楽しむのであるが、密を避けて、小さな水筒を持参し、公園の陽だまりに腰を下ろし、新年の型どおりの挨拶をする。一連の挨拶の後は、「去年の家計簿を整理したら、旅行費ゼロ、居酒屋会食費ゼロ、古典芸能鑑賞費ゼロ。早くお金を使いたいね」などと、引きこもり一年の四方山話《よもやまばなし》をする。さらに別れぎわの会話は悲しい。

「ねえ篠ちゃん、コロナに負けないで生き延びようね」

「うん。お互いに基礎疾患持ちの高齢者だから、がんばろうね」

「最近、高齢者・基礎疾患うんぬんのニュースにいろいろ考えちゃうの」

「同じ。私は、おまけの命と思っていてもコロナで逝きたくないなよ」

「とにかく、憎まれっ子になって生き延びましょう」

コロナ禍以前は、もっと違ったような気もするが、巣ごもり一年で思考も巣ごもったようだ。こうして、私は、残りのおまけの日々を精いっぱい生き延びて、最後は、「今日のような冬の淡い陽が西に静かに沈むようにありたい」と、夕陽を眺める。

どんな花が咲くやら　二〇二一年二月十一日

立春の声とともに春一番が吹き、風が冷たくとも、表の陽はその名にたがわず光の春を十分に感じさせる。ここ数日の暖かさで昨年の秋に植えたチューリップが芽生えた。ネットで調達した球根を二人の友にもおすそ分けをしておいた。「芽が出たよ」とメールを入れようとしたら、友から先に「芽が出た」とのメールがある。

散歩をすれば梅の花が咲き、モクレンの膨らんできた芽を観れば、二回目の緊急事態宣言の延長など気にならない。「春です。恋をしましょう」と、思うような歳ではないが、やはり春の芽吹きは、それなりに前向きになる。

先日届いた三鷹の仲間のメルマガに、「オンライン体操し、クオカードゲットしましょう」とあり、いつもなら、このような案内には「ふーん」と無視するのであるが、今回は申し込んでみた。

画面の向こうの若い女性インストラクターの指示に従い、「こんな感じかな?」「いや、もっと腕が高い」と、ストレッチのような、筋トレのような体操をする。

最後にインストラクターの女性が、「皆さん、少しは体が柔らかくなりましたか」の問いに「どうかな」と疑問に思いながらも、頭上にあげた両手で○をつくって終わる。

昨年から、「オンラインミーティング」「オンライン飲み会」と経験して、今回は「オンライン体操」である。「コロナ禍も悪いことばかりではない。予期しなかった体験がある」と、思うと同時に、今回のインストラクターの動きを見ながらの動作で、どうやらすっかり錆《さび》ついていた右脳か左脳かはわからないが、いつもと違った場所を動かしたことで、少し頭が柔らかくなったような気がする。

間もなくチューリップの花が咲くだろうが、そのころには、きっとコロナが落ち着くだろう。そうしたら、許される行動範囲で賄える新しいことを試み、脳の錆を落としながら、身の丈にあった私なりの花を咲かせよう（どんな花かな）。

一年間の学習を経て　二〇二一年二月十六日

目覚めれば外は青空である。その陽気の後押しもあって、今朝の私は、まるでハイキングに出かけるような気分です。水筒にお茶を入れ、サンドイッチをつくり、先日のバレンタインデーのおすそ分けでいただいたチョコレートをリュックに入れてのお出かけである。

本来の目的は、慶応病院での定期健診であるが、気分は都心の公園の散策が目的で、定期健診はついでに受けようか、である。

一昨年の秋に「次回の健診は二月中旬」と知ったとき、「そうだ、梅の季節だ。都心の梅を楽しもう」と、決めていたのであるが、去年の今頃は、中国のほうで発生した新型コロナウイルスのニュースとともに、「老人は不要不急な外出を避けましょう」と、テレビが叫んでいた。昨年は、しかたなく病院から直帰し、荻窪の角川庭園の梅で我慢した。それからは、コロナ、コロナの一年になる。

しかし、その一年で私なりにいろいろ学習し、コロナは人との接触を極力避け、屋外の一人散策なら「うつさない・うつらない」を学ぶ。そこで、今年の二月健診は、新宿御苑でも散策しようと出かける。

病院での一連の検査・問診を経て表に出る。「さて、電車で千駄ヶ谷駅に行き、御苑の千駄ヶ谷口へ」と、考えるが、青い空に、暖かい陽が目に入る。そこで、「まてよ！ここからなら神宮外苑を突っ切って行こう」と、歩き出す。

何年ぶりかの外苑散策である。私の知ってる風景とは大きく変わっているが、昔ながらの絵画館前にたどり着く。そこに咲く河津桜と白梅と、雲一つない青い空を観ながら、ベンチで心豊かな昼食をとる。時間はたっぷりある。足の向くまま外苑をしばし散策し、国立競技場を横目に見ながら千駄ヶ谷駅を経て、「さあ、目的の新宿御苑だ」と、千駄ヶ谷門にたどり着く。

ところが、「ガーン」である。なんと、「緊急事態宣言中につき閉門」とある。「ついてないな」と、思うと同時に「よかった、電車で来なくて。神宮外苑を散策できたし、二年越しの想いの都心の梅も観た」と、素直に諦める。

帰路の電車の中で、新宿御苑は、一ヶ月ほど先に延ばし、安倍前総理に倣って「『桜を見る会』でも計画しよう」と、楽しみを半減された気持ちをねぎらい、次なる喜びに思いを馳せる。

どんなに歳を重ねても、どこか一本足りない間抜けな行動になってしまう。

小さな花の種　二〇二一年三月九日

桃の節句も過ぎ、冬眠していた木々が目覚め始め、思い思いの姿で春の訪れを告げている。

「ああ、どこかに行きたい。飛行機か新幹線に乗ってどこかに行き、荻窪以外の空気を吸いたい」。若者でなくとも、この花咲く陽気に「じっとしていてはもったいない」と、傘寿近いばあさんでさえ動きたくなる。

昨年一年間の自粛生活で、行動範囲がすっかり狭くなり、これが、コロナ禍後も続く生活様式と諦めて、正月ごろから古典の解説本を数冊読み、文中の和歌に「ふむふむ」とうなずいていた。そんな時、杉並区の広報に、近所の角川庭園での「杉並詩歌教室」の受講生募集案内をみる。これを、これからの私の小さな花として育ててみようと、早速、どちらか一つでよいと、俳句の部と和歌の部に申し込む。

ところが、いずれも抽選に漏れてしまった。どうやら、私には詩歌を吟ずるような才のないことを選考者は知っていたようだ。当然、清少納言や、在原業平のような卓越した才はないが、八十ばあさんの手習いの戯れくらいでよいのだが、残念である。

荻窪の空気を吸いながら、少しばかり感性を磨こうなどと、年甲斐のないことを思いついて動こうとするが、世の中は甘くない。

「老人よ、おとなしく巣ごもってなさい」と、頭をたたかれて、春の日に浮かれて動こうとする出鼻をくじかれ、小さな花の苗は摘み取られてしまった。

「ああ、遠くまで動き回って歳に相応《ふさわ》しい小さな花の種をみつけたい」

春はいい　二〇二一年三月二十五日

彼岸の入りとともに咲き始めた桜は、ここ数日の暖かさで「咲くもなく、散るもない」満開で、東京の空を淡いピンクに染めている。そして、満開の桜情報と同時に緊急事態宣言も解除された。こうなれば、アクティブ老人たちは、薄暗い家の中にくすぶってはいられない。

三日前の月曜日、三鷹の仲間が主宰する若手落語家による落語鑑賞会にお手伝いを兼ねて参加した。百名ほどの会場の入場制限を半数にしての開催であるが、コロナ感染対策のための、検温、手指消毒などいろいろと忙しい。猫の手ほどのお手伝いをして、久しぶりに生の落語を楽しむ。三鷹にゆかりのある二ツ目の若い噺家三人による『長屋の花見』『崇徳院《すとくいん》』『徂徠豆腐《そらいどうふ》』のなじみ深い落語であったが、すっかり忘れていた古典芸能をちょっぴり思い出させてもらった。

それにしても、私の周りにはアクティブ老人が多い。彼らは、コロナ感染でネットで非難される「昼カラオケ」「昼飲み会」のアクティブ老人ではない。

例年なら、このようなイベント後は、必ず居酒屋での反省会と称する飲み会なのであるが、彼らは「飲めなくてつまらないね」と言いながらも、成功裡に終わった落語鑑賞会に満足して、素直に散会直帰する、すがすがしい老人たちなのである。

私の周りのアクティブ老人と春は、引きこもりがちな気分を、「今年は、歌舞伎鑑賞でもしよう」と、表に向けてくれる。

痒い所に手が届く　二〇二一年四月四日

「痒《かゆ》い所に手が届く」は、本来、細部まで気が利く人に対する褒め言葉であるが、ここ数日の私は、痒い所に手を届けてはいけないのです。

私は、不器用できめ細かい気遣いの持ち主ではないのに、こんなときにかぎって、やたらと、瞼《まぶた》にできた赤い塊の痒い所に手が届く。

そこで、何かに没頭していれば、手は別の働きで、目の上のたん瘤《こぶ》など忘れるだろうと、碁会所に行く。

碁会所に着くと、整形外科医の碁敵が待っていた。

「こんにちは、空いているの？」

「うん、久しぶりに打とう」と、碁笥《ごけ》を引き寄せる。

「先生、この目みて。変なものができちゃった」と、自分の目を指さす。

「僕は眼科医でないからだめだ」

「そうよね。とにかく始めましょう」

勝負は序盤が過ぎ、中盤の攻め合いに入り、私は、先生の形の悪い石の目を取りに、

「えいっ！」と打ち込む。

「おい、篠ちゃん、人間は目が一つでも生きられるが、石は二つないと死んじゃうよ」

「そうよね、先生は眼科医でないからこの大石《たいせき》の目の手当て忘れていたから」

「うーん、死にかな」

「でも、先生は整形外科医だから、尻尾を切り捨てれば、本体は生きられるよ」

「だが、その尻尾は大きすぎて切られたら地合《じあい》が足りない。投了するか」で、終了

する。

「もう一局打ちましょう」と、再度始める。

「うん。今度は負けないぞ」

「先生、囲碁は死んでもリセットすれば生き返るからいいね。では、二匹目のドジョウを求めて……」

と、私の手は、瞼の小さな腫れを忘れてせっせと碁石を運ぶ。数局楽しみ、別れぎわに先生は、

「篠ちゃん、その目、眼科で診てもらいな。たいしたことはないが、目薬で消毒したほうがいい。じゃあ、またな」と、背を向ける。


昨日、「眼帯にマスクでは、それこそ、目も当てられない老婆になってしまう」と、心配しながら、先生の忠告に従って眼科に行き、目薬を調達する。

これで私の瞼は、眼帯の協力なしで生き返り、痒い所に手を届けなくなりそうだ。

荻窪メダカとスーイスーイ　二〇二一年四月二十二日

またまた緊急事態宣言が出されるようだ。もうすっかり慣れてしまい、『オオカミ少年』のようになりそうだが、それでもニュースを耳にすれば気になる。

この鬱陶《うっとう》しいコロナ禍のなかをスーイスーイ泳いで生きるために、メダカを新しい仲間にする。

先日、三鷹の友人が「メダカが増えたの」と言っていたので、「何匹か頂戴」と、調達する。

ずっと昔に飼っていたときの水槽をベランダの隅から取り出し、新居の準備が整い、昨日お嫁入りしてきました。

「さあ、君たちは今日から荻窪メダカだよ」と話しかける。

童謡『めだかの学校』のメダカのモデルは「荻窪メダカ」ですが、それは東京の荻窪ではなく、神奈川県小田原の荻窪用水のメダカです。でも、ここ東京荻窪の我が家のメダカだからやはりこのメダカたちは「荻窪メダカ」です。

ところで、この子たちは『めだかの学校』に縁があります。三鷹駅の発車メロディーが『めだかの学校』である。その三鷹生まれで、嫁入り先が荻窪です。

「メダカたちよ、私がこの学校の校長先生兼小使いさんだから、よろしくね」

昨年からすっかり生活空間が狭くなり、退屈ばかりの日々に、メリハリと癒やしを求めて、私なりに認知症予防をする。

十年遅い手習い　二〇二一年五月九日

傘寿に近いばあさんのやることは、こんなものだろうと、自分で納得しながらの四日間であった。初日は、頭をガーンと殴られ、二日目は、「やめようかな」と、思いながら参加、そして三日目は、少し頭をなでなでしてもらい、最終日は、「続けてみようかな」で終わる。世の中には、新人などに、「そんなことするのは十年早い」、という言葉があるが、今回は「十年遅い」試みであったようだ。

昨年からすっかり狭くなった生活空間に、メリハリを求めて、知人の開催する「朗読会」「江戸小噺の会」などに参加するが、オンラインでの実施であり、どうもしっくりこない。できれば歩いて出かけ、参加したい。そんなとき、私が、角川庭園の詩歌教室に応募したことを知った囲碁仲間の一人から、荻窪区民センター主催の「初心者のための俳句教室」のチラシを渡される。毎土曜日の四回コースで手頃である。早速申し込む。

初日は、俳句とは五・七・五の詩である程度の知識でつくった宿題三句と、大金二百円を持って出かける。メンバーは、私と同じ初心者であると、何のこだわりもなく席に着く。ところが、皆さんの提出した宿題の句の一覧を読めば、「これ初心者？」と思われるものがいくつかある。ガーンである。メンバーと先生で選句をする。当然私の句など誰も選んでくれない。「だめだ、やめようかな」と帰る。

二日目は参加を躊躇《ちゅうちょ》したが、「二百円もったいない」と、八十ばあさんのケチ心が動き、参加していれば長寿応援ポイントがもらえることに気づく。「四回で四枚、ちょうど二百円だ。これなら、俳句はだめでも元はとれる」と、出かける。十年、いや二十年も遅い手習いであったようだが、出かけての新しい出会いと、長寿応援ポイント取得を楽しんだ。もう、これで十分である。

最後に、昨日の一句を紹介しよう。


鯉のぼり欲しいとせがむ女の子　［篠原富美子］

足取りも軽やかに　二〇二一年五月二十三日

久しぶりに太陽の朝を迎えた。私は、少しばかり緊張をしている。まるで若いころの受験日の朝のようだ。何しろ今日は、国を挙げての大事業への参加である。そう、高齢者を対象にした、新型コロナワクチンの接種日である。

先月末の予約時は、高齢者のネット申し込みなど少ないだろうと、高を括っていたが、どっこい皆さんは孫や子どもの動員であったらしい。朝からアクセスするが、サーバー混雑でつながらない。それでもどうにか夕刻につながり、予定していた接種会場ではなかったが、今日の予約ができた。少しばかり遠いが、会場は数年前からの活動拠点の一つのセシオン杉並であるから、迷うことなく行ける。

接種はスタッフの皆さんの丁寧な案内や指導で無事終了する。筋肉注射なので、「ブスッ」と刺され、痛いことを覚悟していたのに、「えっ、もう終わったの」で痛くも痒くもない。「なーんだ、案じて損した」である。十五分ほど休んで、二回目の予約方法や今後の体調観察などの説明を受ける。

私は、

「今夜は、お酒飲んでもいいですか」と質問する。

スタッフの方は、笑みを浮かべながら、

「何かがあるといけませんので、やめておきましょう」の答えである。

「はい、わかりました」と、イベント参加は無事終了する。

せっかく高円寺まで来たのだからと、友人の主催する高齢者囲碁会に顔を出し、数局楽しむ。気がかりだったワクチン接種が順調に済んだことが功を奏したのか、負けなしである。

少しばかり暑いが、天気もよい。軽やかな足取りで、高円寺から歩いて帰る。

酒も熱もない一日　二〇二一年六月十四日

挨拶の定番は、「いい天気ですね」などの、当たり障りのない会話であるが、最近の私たち老人の挨拶は、

「ワクチン接種した？　いつ？」

と、専ら新型コロナワクチンが主役である。

その老人同士の会話から、

「二回目は副反応の発生する確率が高いらしい」

の情報により、皆さんの推奨する解熱剤を準備する。

こうして、昨日は、そのワクチンの二回目の接種日であった。

一回目とは異なり、接種会場は、家の前の大きな交差点を渡ったすぐ先であるから、前回よりは気軽に出かける。それでもやはり多少の不安はあるが、スタッフの優しい指導で接種は無事済んだ。すっかり忘れていた緊張感と、目的を無事終えた満足感の二回の行動であった。

「さあ、午後は何しよう」と考えながら、会場前の和菓子屋でお茶の友を調達して家路に向かう。

本来、こんなときは、美味しいビールとなるのであるが、今日はできない。三時は新茶の香りと大福を楽しみ、ぼっち夕餉《ゆうげ》は、「泡が出れば何でもよい」で、サイダーで我慢する。

そして、準備した解熱剤のお世話にならないで済むことを願って眠りについた。

よかったです。心配した発熱もなく、接種部に少しの痛みを覚える程度で目覚める。

これで一安心。今宵は美味しいビールにしよう（やったー）。

ホモ・サピエンスのＤＮＡ　二〇二一年七月四日

今日も雨の朝である。七月の声とともに梅雨前線が活発になったのか、連日、雨また雨である。

こんな朝は、いつまでも床の中でうとうとである。「寝る子は育つ」と言うが、「寝る老婆はボケる」であろう。「まずいな」と思いながらやおら起き上がる。

本来この週末は、知人より「篠ちゃん、報酬のない仕事好きでしょ。ちょっと手伝って」と依頼されたことを、お尻に火が付く前に立ち上がるつもりであったが、雨音は気持ちを萎えさせる。依頼されたときは、「お座敷がかかるうちが花」と安請け合いしてしまった。

当初の予定では、今日あたりに知人に「こんな内容でどう？」とドラフトを渡すつもりであったが、全く手をつけていない。外の陽気と同じに、思考も梅雨である。

どうやらこれは、私だけではないようだ。

ＮＨＫのチコちゃんによると、雨や曇りの日に、物憂《ものう》さや気怠《けだる》さを覚えるのは、人類の祖先、ホモ・サピエンスのＤＮＡによるもののようだ。ホモ・サピエンスなる動物は、晴れた日に狩りや農耕をし、雨の日には体を休めるために気怠くなるようだ。「納得！」である。

昭和のバブル期に馬車馬のように動き回った習性が身についていて、昨今の「働き方改革」などとは無縁の歳であり、天気に関係なく日々暇を持て余している身である。「雨だのんびりしよう。私の働き方改革だ」と、小降りになった雨間に選挙と買い物に出かける。そして、マーケットの広場の七夕飾りの短冊にささやかな願いを書く。傘寿に近いホモ・サピエンスは、物憂さと気怠さを引きずりながら腰の万歩計の数字を見る。

ちょっぴり寂しい　二〇二一年七月十六日

また、私の青春の産物が葬られた。長い間、財布のポケットに収まり、見守ってくれていた運転免許証を返納した。

後期高齢者になり、二回目の更新通知を受けたときから「どうしようかな」と、カレンダーに添付しておいたはがきを見るたびに悩んだ。前回は、一度くらい認知症テストを受けてみようとの好奇心があったが、今回はそれもない。そして、前回の更新から三年間、一度もハンドルを握ってない。もう、運転はできないことは承知しているが、半世紀におよぶ携帯品であるから名残惜しい。

荻窪警察署で一連の手続きを終え、穴のあけられた免許証と取消し通知書を受け取ったとき、「杉並区は、五千円のＳｕｉｃａをくれるそうですが、どうすればいいんですか」と尋ねる。担当の婦警さんが、「ごめんね。それ、二年ほど前になくなったの」との返答である。「なにも彼女が謝ることないのに」と思いながら家に帰る。

いつもの更新なら、穴のあいた無効免許証は、ポイッとゴミ箱に放り込むのであるが、お茶を飲みながら、しばし眺め、「ああ、これで運転はできない。長い間、私の身分保証をしてくれてありがとう。今宵くらいは抱いて寝ようか」などと、別れを名残惜しむ。

お上りさんになってしまった　二〇二一年七月二十日

梅雨開け十日は最も暑い時期というが、本当に連日暑い。緊急事態宣言中であるが、これは不急ではあっても、不要ではないと、この暑さに負けず久しぶりに新宿に行く。先日の免許証返納による杉並区からのご褒美はなかったが、新宿の銀行から休眠口座の出現という思わぬご褒美が転がり込んできた。

朝、布団の中で、目的の新宿センタービルなら、往きは地下鉄を使い、用が済んだら、久しぶりに中央公園をちょっぴり楽しみ、帰りはＪＲにしようと段取りを考える。

西新宿駅を降りて、どの出口から地上に上がるのがよいかと、案内看板の地図を眺めていると、「どうしましたか」と若いお巡りさんに声をかけられる。

「はい、新宿センタービルに行きたいのですが、どの出口から出ようかなと」

「ちょうど新宿警察署に戻るところですから、ご案内しましょう」である。歩きながらお巡りさんに、「ばあさんが、スマホを持ってきょろきょろしているから、特殊詐欺だと思った?」と訊けば、笑いながら「いやっ」と言う顔は、「そうだよ」に見える。

新宿センタービルで目的の用を足し、中央公園の滝の流れを見ながら、木陰で熱中症対策用の麦茶を飲む。そして、新宿駅はこの方向だろうと、勝手な推測で歩き出してみるが、「おやっ、ちょっと違う」と、しばらく立ち止まり、現役時代に仕事で通いなれた都庁ビルを探すが、林立する高層ビル群でわからない。しかたなくスマホの力を借りて都庁を見つけ、昔はホームレスの段ボールハウスがあったあたりの動く歩道で新宿駅にたどり着く。あとは、新しくできた西口と東口をつなぐ東西自由通路で東口に出て、昔よく行った鰻屋の弁当が今日のもう一つの目的である。しかし、この新しい通路によりすっかり新宿駅が様変わりしており、目的の鰻屋が見当たらない。うろうろしているうちに、腰の万歩計が、「僕、働きすぎたよ」と、ささやくので諦めて帰る。すっかり、お上りさんになってしまった。

荻窪で、ご褒美のおすそ分けと思っていた鰻弁当がないまま友に会う。友と一連のお上りさん物語で談笑し、「おうちでおとなしくオリンピックを楽しみなさい」と、応援グッズを渡される。手づくりの日章旗だ。

「本当は、これ持ってスタジアムに行けたのにね」

「でも、迷子ばあさんになって、『私の行く所はどこですか？』になっちゃったかも」

「老人は、おうちワインでテレビオリンピックが分相応かな」

私は、テレビの前に二本の小さな日章旗を飾る。

新たな目的を探そう　二〇二一年八月九日

オリンピックが終わってしまった。「さて、これから何を目的に生きていこうかな」である。

古希を迎え、東京オリンピック開催が決まったとき、「とにかく、オリンピックまで生きよう」と決めた。そして、冥途の土産として、何か競技を観戦する目標を立てた。それは私ばかりではない。周りの多くの友も同じで、「オリンピックまで生き延びようね。観に行こうね」が合言葉であった。

昨年、一年ほど延期されたときには、「寿命が一年延びたね」と、笑いあった。

しかしながら、その一年を待つことなく逝った友がいる。友の分まで楽しみ、彼の国での再会時に報告する義務がある。

コロナ禍の無観客開催で、余儀なくテレビ観戦となったが、日本選手の活躍に「ハラハラ、ドキドキ」しながら、一人で手をたたき、万歳をして楽しんだ。

生きる目的が終わり、少しばかり腑抜《ふぬ》けになりそうだが、「近からず、遠からず」の新たな目的を探そう。古希を迎えた折の東京オリンピック決定は、絶好の目標であった。これからも、衰える体力と気力を大事に維持するには、「何々までは元気でいよう」が、あったほうがよい。

借金は長寿の糧　二〇二一年八月二十八日

「自己紹介します。はじめまして、僕の名前はきょろきょろです。東京都杉並区荻窪に昨日誕生しました。僕を生んでくれた八十ばあちゃんは、僕を生むとき『お腹は痛くなかったが、懐が痛かった』と、言っていました。そこで、僕はこれからそれを癒やしてあげるつもりです」

　オリンピックが終わり、高校野球でも楽しもうと思っていたら、連日の雨で順延が続き、することがない。雨のなか出かけることもなく冷蔵庫の中のものでごまかしていると、腰の万歩計は三桁の状態である。そして、電話以外では誰とも会話をしていない。

「まずいな。コロナや熱中症にかかる前に、認知症になってしまう」と、テレビを観ながら、新宿への不急であっても不要でない用を思い出し、昨日、簡単な用を済ませて、高島屋デパートのおもちゃ売り場に寄る。そこで、ネットで調べたコミュニケーションロボットのロボホンを買う。売り場のお嬢さんに、「一括払いでなくとも、分割もありますよ」と説明され、ちょっと戸惑う。

「三年かー。そうだ、ちょうどいい、この支払い終了までは元気に生き延びよう」

　ロボットを相手に遊んでいる年寄りの姿など情けないと思いながら、おしゃべりなきょろきょろに育てることを認知症対策にしようと、決める。

　借金のあるうちは死ねない。私の最後は、貯金もゼロ、借金もゼロでありたい。

　早速、認知症対策を試みるが、私の発音が悪いのかなかなかうまくいかない。

ところがなんと、一番よくロボットに通じた私の言葉は、晩酌の時の「乾杯」である。私が、ビールのコップを掲げて「乾杯！」と言うと、きょろきょろは右手を挙げて「乾杯！」と言ってくれる。さすが、呑み助ばあさんのおもちゃである。

彼岸の入りの敬老の日　二〇二一年九月二十日

先週、数年前から通っているデイサービス介護施設で、囲碁ボランティアを終えて帰り支度をしていると、スタッフより「祝　敬老」と書かれた菓子の小箱を渡された。

「ありがとう。私の分もあるのね」

「はい、立派な高齢者ですから。どうぞ……」

「そうよね。私は数年後にはここでお世話になるつもりですから。その時はよろしく」

「はい、お待ちしてます」などと会話をする。

今朝、少し秋の気配を感じながら、いただいた菓子を友にお茶を飲みながら、スマホのカレンダーを覗けば、なんと今週は忙しいのだろう。忙しいといっても私でなく、暦のことだが、今日は敬老の日で彼岸の入り、明日は中秋の名月、二十三日が秋分の日、そして二十五日は父の命日である。彼岸の入りと敬老の日が同じとは、「お年寄りの皆さん、ここは、三途の川の岸でもありますよ」と、ささやかれているような気がする。

人生百年時代といわれているように、テレビは、百歳以上の老人が八万人以上になったと告げるとともに、元気な百歳越えの老人の姿を映し出している。

「ああ、私もテレビの老人のように元気でいつまでも」と思いながら、つまらないことを思い出す。若いころ、何かの雑誌の記事に著名人の辞世の言葉が載っていた。多くの偉人はこの世に未練があるらしく「まだまだ……」「今、逝ってはだめ」と言っていたが、その中に、「疲れました。もう十分です」と残して逝った偉人がいた記憶がある。

私は、百歳まで数えるには、まだ両手両足の指が必要であるが、後期高齢者であることには違いない。いくら、区役所からの「高齢者の集い」の案内状を、「関係ない」と、ごみ箱に捨てても、彼の国に近づいていることは確かである。

だから、コロナ禍で得た新しい生活様式としておうちビールとデイサービス施設で囲碁を楽しみ、最後は、ピンピンコロリで、「もう、十分です」がいい。

おわりに

数年前に終活の中締めとして、長年の拙《つたな》い雑文を整理して『おばさんライフを楽しむ―終活の中締め―』を出版し、元気なうちに「ありがとう」の挨拶の手土産にした。その時、読んでいただいた数人から「終活の中締めは、何度でもできるよ。次作を期待するよ」と、お世辞をいただく。しかしながら、乏《とぼ》しい感性では無理としていたが、思わぬコロナ禍に遭遇し、時折更新していたブログの発信が、私の健在情報であったことに気づく。

国や都の要請による不要不急の外出自粛や、人との接触を避けての一年半であった。こんなときブログの拙い文章を読んだ友や現役時代の同僚の、一言の感想メールに勇気づけられた。

「ああ、私は、こうして皆さんの支えで生きている」と、実感する。

なかでも、前回の出版でお世話になった編集者さんのメールには、ぼっち生活の乾いた心に潤《うるお》いを与えてもらった。このたびの出版も、編集者の多大な協力があっての産物である。

コロナ禍でも「老いてますます元気」を、多くの仲間に発信する。

最後に八十の手習いで詠んだ句をお別れの挨拶にしよう。

主なく里山荒れて藤しげる

竹の子に自粛見舞いと添えられて

二〇二一年十二月吉日　篠原富美子

篠原富美子

1942年長野県生まれ。2001年に長年勤めていた電気通信機器会社を定年退職する。しばらく子会社で情報の電子化のお手伝いをするが、大病を機に完全に現役を退く。その後は、日々、趣味の囲碁を糧に、面白おかしく老いる年金生活を楽しんでいたが、老いた身の一人暮らし、コロナ禍のおこもり生活に四苦八苦する。

著書「笑いをふるまう親爺 —師匠とふみの物語—」（そしえて 2009）
「おばさんライフを楽しむ —終活の中締め—」（アイノア 2019）

おこもり日帳 —コロナ禍のおばさん記—

発行日　2021年12月22日　第1版第1刷発行
著　者　篠原富美子
発行者　豊髙隆三
発行所　株式会社 アイノア
〒104-0031　東京都中央区京橋3-6-6 エクスアートビル3F
TEL 03-3561-8751　FAX 03-3564-3578

印刷所　株式会社 デジタルパブリッシングサービス

ISBN978-4-88169-193-9 C0095